Nach einem Hochzeitsfest wird unter einer Buche im Wald der jüdische Händler Aaron tot aufgefunden. Verdächtig verhält sich der labile und sozial auffällige Friedrich Mergel, der unter dem Einfluß seines zwielichtigen Onkels eine halbkriminelle Laufbahn eingeschlagen hat ...

Die Kriminalgeschichte um den jungen Friedrich, seinen geheimnisvollen Doppelgänger und rätselhafte Verbrechen ist eine der berühmtesten Erzählungen der deutschen Literatur. Mit psychologischem Spürsinn und atmosphärisch dicht beschreibt Annette von Droste-Hülshoff die Abgründe der menschlichen Natur.

Den Stoff zu ihrem »Sittengemälde aus dem gebirgichten Westphalen« entnahm Droste-Hülshoff einem Kriminalfall im Gutsbezirk ihres Großvaters. Christian Begemann erläutert in seinem Nachwort Entstehungsgeschichte und Deutungsmöglichkeiten.

Annette von Droste-Hülshoff, geboren am 10. Januar 1797 auf Burg Hülshoff bei Münster, begann bereits 1804 lyrische Texte zu verfassen und ist eine der bedeutendsten deutschen Dichterinnen. Sie starb am 24. Mai 1848 in Meersburg am Bodensee.

Zuletzt erschienen im insel taschenbuch: *Liebesgedichte* (it 2876), *Sämtliche Werke in zwei Bänden* (2007), *Die schönsten Gedichte* (it 4525).

insel taschenbuch 4541

Annette von Droste-Hülshoff

# Die Judenbuche

# Annette von Droste-Hülshoff
# Die Judenbuche

*Ein Sittengemälde aus dem gebirgichten Westphalen*

Mit der »Geschichte eines Algierer-Sklaven« von August von Haxthausen und einem Nachwort von Christian Begemann

Insel Verlag

Klimaneutral
Druckprodukt
ClimatePartner.com/14438-2110-1001

5. Auflage 2023

Erste Auflage dieser Ausgabe 2013
insel taschenbuch 4541

Erstver-ffentlichung Insel Verlag Frankfurt am Main und Leipzig 2000

Umschlagfoto: Ken Lucas/Getty Images
Umschlaggestaltung: bürosüd, München
Satz: Satz-Offizin Hümmer GmbH, Waldbüttelbrunn
Druck: CPI books GmbH, Leck
Printed in Germany
ISBN 978-3-458-36241-8

www.insel-verlag.de

*Inhalt*

Die Judenbuche 9

Geschichte eines Algierer-Sklaven 77

Nachwort 99

# Die Judenbuche

*Ein Sittengemälde*
*aus dem gebirgichten Westphalen*

Wo ist die Hand so zart, daß ohne Irren
Sie sondern mag beschränkten Hirnes Wirren,
So fest, daß ohne Zittern sie den Stein
Mag schleudern auf ein arm verkümmert Sein?
Wer wagt es, eitlen Blutes Drang zu messen,
Zu wägen jedes Wort, das unvergessen
In junge Brust die zähen Wurzeln trieb,
Des Vorurteils geheimen Seelendieb?
Du Glücklicher, geboren und gehegt
Im lichten Raum, von frommer Hand gepflegt,
Leg hin die Waagschal', nimmer dir erlaubt!
Laß ruhn den Stein – er trifft dein eignes Haupt! –

Friedrich Mergel, geboren 1738, war der einzige Sohn eines sogenannten Halbmeiers oder Grundeigentümers geringerer Klasse im Dorfe B., das, so schlecht gebaut und rauchig es sein mag, doch das Auge jedes Reisenden fesselt durch die überaus malerische Schönheit seiner Lage in der grünen Waldschlucht eines bedeutenden und geschichtlich merkwürdigen Gebirges. Das Ländchen, dem es angehörte, war damals einer jener abgeschlossenen Erdwinkel ohne Fabriken und Handel, ohne Heerstraßen, wo noch ein fremdes Gesicht Aufsehen erregte, und eine Reise von dreißig Meilen selbst den Vornehmeren zum Ulysses seiner Gegend machte – kurz, ein Fleck, wie es deren sonst so viele in Deutschland gab, mit all den Mängeln und Tugenden, all der Originalität und Beschränktheit, wie sie nur in solchen Zuständen gedeihen. Unter höchst einfachen und häufig unzulänglichen Gesetzen waren die Begriffe der Einwohner von Recht und Unrecht einigermaßen in Verwirrung geraten, oder vielmehr, es hatte sich neben dem gesetzlichen ein zweites Recht gebildet, ein Recht der öffentlichen Meinung, der Gewohnheit und der durch Vernachlässigung entstandenen Verjährung. Die Gutsbesitzer, denen die niedere Gerichtsbarkeit zustand, straften und belohnten nach ihrer in den meisten Fällen redlichen Einsicht; der Untergebene tat, was ihm ausführbar und mit einem etwas weiten Gewissen verträglich schien, und nur dem Verlierenden fiel es zuweilen ein, in alten staubichten Urkunden nachzuschlagen. – Es ist schwer, jene Zeit unparteiisch in's Auge zu fassen; sie ist seit ihrem Verschwinden entweder hochmütig getadelt oder albern gelobt worden, da den, der sie erlebte, zu viel teure Erinnerungen blenden und der Spätergeborene sie nicht begreift. So viel darf man indessen behaupten, daß die Form schwächer, der Kern fester, Vergehen häufiger, Gewissenlosigkeit seltener waren. Denn wer nach seiner Überzeugung handelt, und sei sie noch so mangelhaft, kann nie ganz zu Grunde gehen, wogegen nichts seelentötender wirkt, als gegen das innere Rechtsgefühl das äußere Recht in Anspruch nehmen.

Ein Menschenschlag, unruhiger und unternehmender als alle seine Nachbarn, ließ in dem kleinen Staate, von dem wir reden, manches weit greller hervortreten als anderswo unter gleichen Umständen. Holz- und Jagdfrevel waren an der Tagesordnung, und bei den häufig vorfallenden Schlägereien hatte sich jeder selbst seines zerschlagenen Kopfes zu trösten. Da jedoch große und ergiebige Waldungen den Hauptreichtum des Landes ausmachten, ward allerdings scharf über die Forsten gewacht, aber weniger auf gesetzlichem Wege, als in stets erneuten Versuchen, Gewalt und List mit gleichen Waffen zu überbieten.

Das Dorf B. galt für die hochmütigste, schlauste und kühnste Gemeinde des ganzen Fürstentums. Seine Lage inmitten tiefer und stolzer Waldeinsamkeit mochte schon früh den angeborenen Starrsinn der Gemüter nähren; die Nähe eines Flusses, der in die See mündete und bedeckte Fahrzeuge trug, groß genug, um Schiffbauholz bequem und sicher außer Land zu führen, trug sehr dazu bei, die natürliche Kühnheit der Holzfrevler zu ermutigen, und der Umstand, daß Alles umher von Förstern wimmelte, konnte hier nur aufregend wirken, da bei den häufig vorkommenden Scharmützeln der Vorteil meist auf Seiten der Bauern blieb. Dreißig, vierzig Wagen zogen zugleich aus in den schönen Mondnächten, mit ungefähr doppelt so viel Mannschaft jedes Alters, vom halbwüchsigen Knaben bis zum siebzigjährigen Ortsvorsteher, der als erfahrener Leitbock den Zug mit gleich stolzem Bewußtsein anführte, als er seinen Sitz in der Gerichtsstube einnahm. Die Zurückgebliebenen horchten sorglos dem allmählichen Verhallen des Knarrens und Stoßens der Räder in den Hohlwegen und schliefen sacht weiter. Ein gelegentlicher Schuß, ein schwacher Schrei ließen wohl einmal eine junge Frau oder Braut auffahren; kein anderer achtete darauf. Beim ersten Morgengrau kehrte der Zug eben so schweigend heim, die Gesichter glühend wie Erz, hier und dort einer mit verbundenem Kopf, was weiter nicht in Betracht kam, und nach ein paar Stunden war die Umgegend voll von dem Mißgeschick eines oder mehrerer Forstbeamten, die aus dem Walde getragen wurden, zerschlagen, mit Schnupftabak geblendet und für einige Zeit unfähig, ihrem Berufe nachzukommen.

In diesen Umgebungen ward Friedrich Mergel geboren, in einem Hause, das durch die stolze Zugabe eines Rauchfangs und minder kleiner Glasscheiben die Ansprüche seines Erbauers, so wie durch seine gegenwärtige Verkommenheit die kümmerlichen Umstände des jetzigen Besitzers bezeugte. Das frühere Geländer um Hof und Garten war einem vernachlässigten Zaune gewichen, das Dach schadhaft, fremdes Vieh weidete auf den Triften, fremdes Korn wuchs auf dem Acker zunächst am Hofe, und der Garten enthielt, außer ein paar holzichten Rosenstöcken aus besserer Zeit, mehr Unkraut als Kraut. Freilich hatten Unglücksfälle manches hiervon herbeigeführt; doch war auch viel Unordnung und böse Wirtschaft im Spiel. Friedrichs Vater, der alte Hermann Mergel, war in seinem Junggesellenstande ein sogenannter ordentlicher Säufer, d. h. einer, der nur an Sonn- und Festtagen in der Rinne lag und die Woche hindurch so manierlich war wie ein Anderer. So war denn auch seine Bewerbung um ein recht hübsches und wohlhabendes Mädchen ihm nicht erschwert. Auf der Hochzeit ging's lustig zu. Mergel war gar nicht zu arg betrunken, und die Eltern der Braut gingen Abends vergnügt heim; aber am nächsten Sonntage sah man die junge Frau schreiend und blutrünstig durch's Dorf zu den Ihrigen rennen, alle ihre guten

Kleider und neues Hausgerät im Stich lassend. Das war freilich ein großer Skandal und Ärger für Mergel, der allerdings Trostes bedurfte. So war denn auch am Nachmittage keine Scheibe an seinem Hause mehr ganz, und man sah ihn noch bis spät in die Nacht vor der Türschwelle liegen, einen abgebrochenen Flaschenhals von Zeit zu Zeit zum Munde führend und sich Gesicht und Hände jämmerlich zerschneidend. Die junge Frau blieb bei ihren Eltern, wo sie bald verkümmerte und starb. Ob nun den Mergel Reue quälte oder Scham, genug, er schien der Trostmittel immer bedürftiger und fing bald an, den gänzlich verkommenen Subjekten zugezählt zu werden.

Die Wirtschaft verfiel; fremde Mägde brachten Schimpf und Schaden; so verging Jahr auf Jahr. Mergel war und blieb ein verlegener und zuletzt ziemlich armseliger Witwer, bis er mit einemmale wieder als Bräutigam auftrat. War die Sache an und für sich unerwartet, so trug die Persönlichkeit der Braut noch dazu bei, die Verwunderung zu erhöhen. Margareth Semmler war eine brave, anständige Person, so in den Vierzigen, in ihrer Jugend eine Dorfschönheit und noch jetzt als sehr klug und wirtlich geachtet, dabei nicht unvermögend; und so mußte es Jedem unbegreiflich sein, was sie zu diesem Schritte getrieben. Wir glauben den Grund eben in dieser ihrer selbstbewußten Vollkommenheit zu finden. Am Abend vor der Hochzeit soll sie gesagt haben: »Eine Frau, die von ihrem Manne übel behandelt wird, ist dumm oder taugt nicht: wenn's mir schlecht geht, so sagt, es liege an mir.« Der Erfolg zeigte leider, daß sie ihre Kräfte überschätzt hatte. Anfangs imponierte sie ihrem Manne; er kam nicht nach Haus oder kroch in die Scheune, wenn er sich übernommen hatte; aber das Joch war zu drückend, um lange getragen zu werden, und bald sah man ihn oft genug quer über die Gasse in's Haus taumeln, hörte drinnen sein wüstes Lärmen und sah Margreth eilends Tür und Fenster schließen. An einem solchen Tage – keinem Sonntage mehr – sah man sie Abends aus dem Hause stürzen, ohne Haube und Halstuch, das Haar wild um den Kopf hängend, sich im Garten neben ein Krautbeet niederwerfen und die Erde mit den Händen aufwühlen, dann ängstlich um sich schauen, rasch ein Bündel Kräuter brechen und damit langsam wieder dem Hause zugehen, aber nicht hinein, sondern in die Scheune. Es hieß, an diesem Tage habe Mergel zuerst Hand an sie gelegt, obwohl das Bekenntnis nie über ihre Lippen kam.

Das zweite Jahr dieser unglücklichen Ehe ward mit einem Sohne, man kann nicht sagen erfreut, denn Margreth soll sehr geweint haben, als man ihr das Kind reichte. Dennoch, obwohl unter einem Herzen voll Gram getragen, war Friedrich ein gesundes, hübsches Kind, das in der frischen Luft kräftig gedieh. Der Vater hatte ihn sehr lieb, kam nie nach Hause, ohne ihm ein Stückchen Wekken oder dergleichen mitzubringen, und man meinte sogar, er sei seit der Geburt des Knaben ordentlicher geworden; wenigstens ward der Lärmen im Hause geringer.

Friedrich stand in seinem neunten Jahre. Es war um das Fest der heiligen drei Könige, eine harte, stürmische Winternacht. Hermann war zu einer Hochzeit gegangen und hatte sich schon bei Zeiten auf den Weg gemacht, da das Brauthaus Dreiviertelmeilen entfernt lag. Obgleich er versprochen hatte, Abends wiederzukommen, rechnete Frau Mergel doch um so weniger darauf, da sich nach Sonnenuntergang dichtes Schneegestöber eingestellt hatte. Gegen zehn Uhr schürte sie die Asche am Herde zusammen und machte sich zum Schlafengehen bereit. Friedrich stand neben ihr, schon halb entkleidet und horchte auf das Geheul des Windes und das Klappen der Bodenfenster.

»Mutter, kommt der Vater heute nicht?« fragte er. – »Nein, Kind, morgen.« – »Aber warum nicht, Mutter? er hat's doch versprochen.« – »Ach Gott, wenn der Alles hielte, was er verspricht! Mach, mach voran, daß du fertig wirst.«

Sie hatten sich kaum niedergelegt, so erhob sich eine Windsbraut, als ob sie das Haus mitnehmen wollte. Die Bettstatt bebte und im Schornstein rasselte es wie ein Kobold. – »Mutter – es pocht draußen!« – »Still, Fritzchen, das ist das lockere Brett im Giebel, das der Wind jagt.« – »Nein, Mutter, an der Tür!« – »Sie schließt nicht; die Klinke ist zerbrochen. Gott, schlaf doch! bring mich nicht um das armselige Bißchen Nachtruhe.« – »Aber wenn nun der Vater kommt?« – Die Mutter drehte sich heftig im Bett um. – »Den hält der Teufel fest genug!« – »Wo ist der Teufel, Mutter?« – »Wart du Unrast! er steht vor der Tür und will dich holen, wenn du nicht ruhig bist!«

Friedrich ward still; er horchte noch ein Weilchen und schlief dann ein. Nach einigen Stunden erwachte er. Der Wind hatte sich gewendet und zischte jetzt wie eine Schlange durch die Fensterritze an seinem Ohr. Seine Schulter war erstarrt; er kroch tief unter's Deckbett und lag aus Furcht ganz still. Nach einer Weile bemerkte er, daß die Mutter auch nicht schlief. Er hörte sie weinen und mitunter: »Gegrüßt seist du, Maria!« und: »bitte für uns arme Sünder!« Die Kügelchen des Rosenkranzes glitten an seinem Gesicht hin. – Ein unwillkürlicher Seufzer entfuhr ihm. – »Friedrich, bist du wach?« – »Ja, Mutter.« – »Kind, bete ein wenig – du kannst ja schon das halbe Vaterunser – daß Gott uns bewahre vor Wasser- und Feuersnot.«

Friedrich dachte an den Teufel, wie der wohl aussehen möge. Das mannigfache Geräusch und Getöse im Hause kam ihm wunderlich vor. Er meinte, es müsse etwas Lebendiges drinnen sein und draußen auch. »Hör', Mutter, gewiß, da sind Leute, die pochen.« – »Ach nein, Kind; aber es ist kein altes Brett im Hause, das nicht klappert.« – »Hör'! hörst du nicht? es ruft! hör' doch!«

Die Mutter richtete sich auf; das Toben des Sturms ließ einen Augenblick nach. Man hörte deutlich an den Fensterladen pochen und mehrere Stimmen: »Margreth! Frau Margreth, heda, aufgemacht!« – Margreth stieß einen heftigen Laut aus: »Da bringen sie mir das Schwein wieder!«

Der Rosenkranz flog klappernd auf den Brettstuhl, die Kleider wurden herbeigerissen. Sie fuhr zum Herde und bald darauf hörte Friedrich sie mit trotzigen Schritten über die Tenne gehen. Margreth kam gar nicht wieder; aber in der Küche war viel Gemurmel und fremde Stimmen. Zweimal kam ein fremder Mann in die Kammer und schien ängstlich etwas zu suchen. Mit einemmale ward eine Lampe hereingebracht. Zwei Männer führten die Mutter. Sie war weiß wie Kreide und hatte die Augen geschlossen. Friedrich meinte, sie sei tot; er erhob ein fürchterliches Geschrei, worauf ihm Jemand eine Ohrfeige gab, was ihn zur Ruhe brachte, und nun begriff er nach und nach aus den Reden der Umstehenden, daß der Vater vom Ohm Franz Semmler und dem Hülsmeyer tot im Holze gefunden sei und jetzt in der Küche liege.

Sobald Margreth wieder zur Besinnung kam, suchte sie die fremden Leute los zu werden. Der Bruder blieb bei ihr und Friedrich, dem bei strenger Strafe im Bett zu bleiben geboten war, hörte die ganze Nacht hindurch das Feuer in der Küche knistern und ein Geräusch wie von Hin- und Herrutschen und Bürsten. Gesprochen ward wenig und leise, aber zuweilen drangen Seufzer herüber, die dem Knaben, so jung er war, durch Mark und Bein gingen. Einmal verstand er, daß der Oheim sagte: »Margreth, zieh dir das nicht zu Gemüt; wir wollen Jeder drei Messen lesen lassen, und um Ostern gehen wir zusammen eine Bittfahrt zur Muttergottes von Werl.«

Als nach zwei Tagen die Leiche fortgetragen wurde, saß Margreth am Herde, das Gesicht mit der Schürze verhüllend. Nach einigen Minuten, als alles still geworden war, sagte sie in sich hinein: »Zehn Jahre, zehn Kreuze. Wir haben sie doch zusammen getragen, und jetzt bin ich allein!« dann lauter: »Fritzchen, komm her!« – Friedrich kam scheu heran; die Mutter war ihm ganz unheimlich geworden mit den schwarzen Bändern und den verstörten Zügen. »Fritzchen,« sagte sie, »willst du jetzt auch fromm sein, daß ich Freude an dir habe, oder willst du unartig sein und lügen, oder saufen und stehlen?« – »Mutter, Hülsmeyer stiehlt.« – »Hülsmeyer? Gott bewahre! Soll ich dir auf den Rücken kommen? wer sagt dir so schlechtes Zeug?« – »Er hat neulich den Aaron geprügelt und ihm sechs Groschen genommen.« – »Hat er dem Aaron Geld genommen, so hat ihn der verfluchte Jude gewiß zuvor darum betrogen. Hülsmeyer ist ein ordentlicher, angesessener Mann, und die Juden sind alle Schelme.« – »Aber, Mutter, Brandis sagt auch, daß er Holz und Rehe stiehlt.« – »Kind, Brandis ist ein Förster.« – »Mutter, lügen die Förster?«

Margreth schwieg eine Weile; dann sagte sie: »Höre, Fritz, das Holz läßt unser Herrgott frei wachsen und das Wild wechselt aus eines Herren Lande in das andere; die können Niemand angehören. Doch das verstehst du noch nicht; jetzt geh in den Schoppen und hole mir Reisig.«

Friedrich hatte seinen Vater auf dem Stroh gesehen, wo er, wie man sagt, blau und fürchterlich ausgesehen haben soll. Aber davon erzählte er nie und schien ungern daran zu denken. Überhaupt hatte die Erinnerung an seinen Vater eine mit Grausen gemischte Zärtlichkeit in ihm zurückgelassen, wie denn nichts so fesselt, wie die Liebe und Sorgfalt eines Wesens, das gegen alles Übrige verhärtet scheint, und bei Friedrich wuchs dieses Gefühl mit den Jahren, durch das Gefühl mancher Zurücksetzung von Seiten Anderer. Es war ihm äußerst empfindlich, wenn, so lange er Kind war, Jemand des Verstorbenen nicht allzu löblich gedachte; ein Kummer, den ihm das Zartgefühl der Nachbarn nicht ersparte. Es ist gewöhnlich in jenen Gegenden, den Verunglückten die Ruhe im Grabe abzusprechen. Der alte Mergel war das Gespenst des Brederholzes geworden; einen Betrunkenen führte er als Irrlicht bei einem Haar in den Zellerkolk (Teich); die Hirtenknaben, wenn sie Nachts bei ihren Feuern kauerten und die Eulen in den Gründen schrien, hörten zuweilen in abgebrochenen Tönen ganz deutlich dazwischen sein: »Hör mal an, fein's Lieseken,« und ein unprivilegierter Holzhauer, der unter der breiten Eiche eingeschlafen und dem es darüber Nacht geworden war, hatte beim Erwachen sein geschwollenes blaues Gesicht durch die Zweige lauschen sehen. Friedrich mußte von andern Knaben Vieles darüber hören; dann heulte er, schlug um sich, stach auch einmal mit seinem Messerchen und wurde bei dieser Gelegenheit jämmerlich geprügelt. Seitdem trieb er seiner Mutter Kühe allein an das andere Ende des Tales, wo man ihn oft Stunden lang in derselben Stellung im Grase liegen und den Thymian aus dem Boden rupfen sah.

Er war zwölf Jahre alt, als seine Mutter einen Besuch von ihrem jüngern Bruder erhielt, der in Brede wohnte und seit der törichten Heirat seiner Schwester ihre Schwelle nicht betreten hatte. Simon Semmler war ein kleiner, unruhiger, magerer Mann mit vor dem Kopf liegenden Fischaugen und überhaupt einem Gesicht wie ein Hecht, ein unheimlicher Geselle, bei dem dicktuende Verschlossenheit oft mit ebenso gesuchter Treuherzigkeit wechselte, der gern einen aufgeklärten Kopf vorgestellt hätte und statt dessen für einen fatalen, Händel suchenden Kerl galt, dem Jeder um so lieber aus dem Wege ging, je mehr er in das Alter trat, wo ohnehin beschränkte Menschen leicht an Ansprüchen gewinnen, was sie an Brauchbarkeit verlieren. Dennoch freute sich die arme Margreth, die sonst keinen der Ihrigen mehr am Leben hatte.

»Simon, bist du da?« sagte sie, und zitterte, daß sie sich am Stuhle halten mußte. »Willst du sehen, wie es mir geht und meinem schmutzigen Jungen?« – Simon betrachtete sie ernst und reichte ihr die Hand: »Du bist alt geworden, Margreth!« – Margreth seufzte: »Es ist mir derweil oft bitterlich gegangen mit allerlei Schicksalen.« – »Ja, Mädchen, zu spät gefreit, hat immer gereut! Jetzt bist du alt und das Kind ist klein. Jedes Ding hat seine Zeit. Aber wenn ein altes Haus brennt, dann hilft kein Löschen.« – Über Margreths vergrämtes Gesicht flog eine Flamme so rot wie Blut.

»Aber ich höre, dein Junge ist schlau und gewichst,« fuhr Simon fort. – »Ei nun so ziemlich, und dabei fromm.« – »Hum, 's hat mal Einer eine Kuh gestohlen, der hieß auch Fromm. Aber er ist still und nachdenklich, nicht wahr? er läuft nicht mit den andern Buben?« – »Er ist ein eigenes Kind,« sagte Margreth wie für sich; »es ist nicht gut.« – Simon lachte hell auf: »Dein Junge ist scheu, weil ihn die andern ein paarmal gut durchgedroschen haben. Das wird ihnen der Bursche schon wieder bezahlen. Hülsmeyer war neulich bei mir; der sagte, es ist ein Junge wie 'n Reh.«

Welcher Mutter geht das Herz nicht auf, wenn sie ihr Kind loben hört? Der armen Margreth ward selten so wohl, Jedermann nannte ihren Jungen tückisch und verschlossen. Die Tränen traten ihr in die Augen. »Ja, Gottlob, er hat gerade Glieder.« – »Wie sieht er aus?« fuhr Simon fort. – »Er hat viel von dir, Simon, viel.«

Simon lachte: »Ei, das muß ein rarer Kerl sein, ich werde alle Tage schöner. An der Schule soll er sich wohl nicht verbrennen. Du läßt ihn die Kühe hüten? Eben so gut. Es ist doch nicht halb wahr, was der Magister sagt. Aber wo hütet er? Im Telgengrund? im Roderholze? im Teutoburger Wald? auch des Nachts und früh?« – »Die ganzen Nächte durch; aber wie meinst du das?«

Simon schien dies zu überhören; er reckte den Hals zur Türe hinaus. »Ei, da kommt der Gesell! Vaterssohn! er schlenkert gerade so mit den Armen wie dein seliger Mann. Und schau mal an! wahrhaftig, der Junge hat meine blonden Haare!«

In der Mutter Züge kam ein heimliches, stolzes Lächeln; ihres Friedrichs blonde Locken und Simons rötliche Bürsten! Ohne zu antworten, brach sie einen Zweig von der nächsten Hecke und ging ihrem Sohne entgegen, scheinbar, eine träge Kuh anzutreiben, im Grunde aber, ihm einige rasche, halbdrohende Worte zuzuraunen; denn sie kannte seine störrische Natur, und Simons Weise war ihr heute einschüchternder vorgekommen als je. Doch ging Alles über Erwarten gut; Friedrich zeigte sich weder verstockt, noch frech, vielmehr etwas blöde und sehr bemüht, dem Ohm zu gefallen. So kam es denn dahin, daß nach einer halbstündigen Unterredung Simon eine Art Adoption des Knaben in Vorschlag brachte, vermöge deren er denselben zwar nicht gänzlich seiner Mutter entziehen, aber doch über den größten Teil seiner Zeit verfügen wollte, wofür ihm dann am Ende des alten Junggesellen Erbe zufallen solle, das ihm freilich ohnedies nicht entgehen konnte. Margreth ließ sich geduldig auseinandersetzen, wie groß der Vorteil, wie gering die Entbehrung ihrerseits bei dem Handel sei. Sie wußte am besten, was eine kränkliche Witwe an der Hülfe eines zwölfjährigen Knaben entbehrt, den sie bereits gewöhnt hat, die Stelle einer Tochter zu ersetzen. Doch sie schwieg und gab sich in Alles. Nur bat sie den Bruder, streng, doch nicht hart gegen den Knaben zu sein.

»Er ist gut,« sagte sie, »aber ich bin eine einsame Frau; mein Kind ist nicht, wie einer, über den Vaterhand regiert hat.« Simon nickte schlau mit dem Kopf: »Laß mich nur gewähren, wir wollen uns schon vertragen, und weißt du was? gib mir den Jungen gleich mit, ich habe zwei Säcke aus der Mühle zu holen; der kleinste ist ihm grad' recht, und so lernt er mir zur Hand gehen. Komm, Fritzchen, zieh deine Holzschuh an!« – Und bald sah Margreth den Beiden nach, wie sie fortschritten, Simon voran, mit seinem Gesicht die Luft durchschneidend, während ihm die Schöße des roten Rocks wie Feuerflammen nachzogen. So hatte er ziemlich das Ansehen eines feurigen Mannes, der unter dem gestohlenen Sacke büßt; Friedrich ihm nach, fein und schlank für sein Alter, mit zarten, fast edlen Zügen und langen blonden Locken, die besser gepflegt waren, als sein übriges Äußere erwarten ließ; übrigens zerlumpt, sonneverbrannt und mit dem Ausdruck der Vernachlässigung und einer gewissen rohen Melancholie in den Zügen. Dennoch war eine große Familienähnlichkeit Beider nicht zu verkennen, und wie Friedrich so langsam seinem Führer nachtrat, die Blicke fest auf denselben geheftet, der ihn gerade durch das Seltsame seiner Erscheinung anzog, erinnerte er unwillkürlich an Jemand, der in einem Zauberspiegel das Bild seiner Zukunft mit verstörter Aufmerksamkeit betrachtet.

Jetzt nahten die beiden sich der Stelle des Teutoburger Waldes, wo das Brederholz den Abhang des Gebirges niedersteigt und einen sehr dunkeln Grund ausfüllt. Bis jetzt war wenig gesprochen worden. Simon schien nachdenkend, der Knabe zerstreut, und Beide keuchten unter ihren Säcken. Plötzlich fragte Simon: »Trinkst du gern Branntwein?« – Der Knabe antwortete nicht. »Ich frage, trinkst du gern Branntwein? gibt dir die Mutter zuweilen welchen?« – »Die Mutter hat selbst keinen,« sagte Friedrich. – »So, so, desto besser! – kennst du das Holz da vor uns?« – »Das ist das Brederholz.« – »Weißt du auch, was darin vorgefallen ist?« – Friedrich schwieg. Indessen kamen sie der düstern Schlucht immer näher. »Betet die Mutter noch so viel?« hob Simon wieder an. – »Ja, jeden Abend zwei Rosenkränze.« – »So? und du betest mit?« – Der Knabe lachte halb verlegen mit einem durchtriebenen Seitenblick. – »Die Mutter betet in der Dämmerung vor dem Essen den einen Rosenkranz, dann bin ich meist noch nicht wieder da mit den Kühen, und den andern im Bette, dann schlaf ich gewöhnlich ein.« – »So, so, Geselle!«

Diese letzten Worte wurden unter dem Schirme einer weiten Buche gesprochen, die den Eingang der Schlucht überwölbte. Es war jetzt ganz finster; das erste Mondviertel stand am Himmel, aber seine schwachen Schimmer dienten nur dazu, den Gegenständen, die sie zuweilen durch eine Lücke der Zweige berührten, ein fremdartiges Ansehen zu geben. Friedrich hielt sich dicht hinter seinem Ohm; sein Odem ging schnell, und wer seine Züge hätte unterscheiden können, würde den Ausdruck einer ungeheuren, doch mehr phantastischen als furchtsamen Spannung darin wahrgenommen haben. So schritten Beide rüstig voran, Simon mit dem festen Schritt des abgehärteten Wanderers, Friedrich schwankend und wie im Traum. Es kam ihm vor, als ob Alles sich bewegte und die Bäume in den einzelnen Mondstrahlen bald zusammen, bald von einander schwankten. Baumwurzeln und schlüpfrige Stellen, wo sich das Wegwasser gesammelt, machten seinen Schritt unsicher; er war einigemale nahe daran, zu fallen. Jetzt schien sich in einiger Entfernung das Dunkel zu brechen, und bald traten Beide in eine ziemlich große Lichtung. Der Mond schien klar hinein und zeigte, daß hier noch vor Kurzem die Axt unbarmherzig gewütet hatte. Überall ragten Baumstümpfe hervor, manche mehrere Fuß über der Erde, wie sie gerade in der Eile am bequemsten zu durchschneiden gewesen waren; die verpönte Arbeit mußte unversehens unterbrochen worden sein, denn eine Buche lag quer über dem Pfad, in vollem Laube, ihre Zweige hoch über sich strekkend und im Nachtwinde mit den noch frischen Blättern zitternd. Simon blieb einen Augenblick stehen und betrachtete den gefällten Stamm mit Aufmerksamkeit. In der Mitte der Lichtung stand eine alte Eiche, mehr breit als hoch; ein blasser Strahl, der durch die Zweige auf ihren Stamm fiel, zeigte, daß er hohl sei, was ihn wahrscheinlich vor der allgemeinen Zerstörung geschützt hatte. Hier ergriff Simon plötzlich des Knaben Arm.

»Friedrich, kennst du den Baum? Das ist die breite Eiche.« – Friedrich fuhr zusammen und klammerte sich mit kalten Händen an seinen Ohm. – »Sieh,« fuhr Simon fort, »hier haben Ohm Franz und der Hülsmeyer deinen Vater gefunden, als er in der Betrunkenheit ohne Buße und Ölung zum Teufel gefahren war.« – »Ohm, Ohm!« keuchte Friedrich. – »Was fällt dir ein? Du wirst dich doch nicht fürchten? Satan von einem Jungen, du kneipst mir den Arm! laß los, los!« – Er suchte den Knaben abzuschütteln. – »Dein Vater war übrigens eine gute Seele; Gott wird's nicht so genau mit ihm nehmen. Ich hatt' ihn so lieb wie meinen eigenen Bruder.« – Friedrich ließ den Arm seines Ohms los; Beide legten schweigend den übrigen Teil des Waldes zurück und das Dorf Brede lag vor ihnen, mit seinen Lehmhütten und den einzelnen bessern Wohnungen von Ziegelsteinen, zu denen auch Simons Haus gehörte.

Am nächsten Abend saß Margreth schon seit einer Stunde mit ihrem Rocken vor der Tür und wartete auf ihren Knaben. Es war die erste Nacht, die sie zugebracht hatte, ohne den Atem ihres Kindes neben sich zu hören, und Friedrich kam noch immer nicht. Sie war ärgerlich und ängstlich und wußte, daß sie beides ohne Grund war. Die Uhr im Turm schlug sieben, das Vieh kehrte heim; er war noch immer nicht da und sie mußte aufstehen, um nach den Kühen zu schauen. Als sie wieder in die dunkle Küche trat, stand Friedrich am Herde; er hatte sich vorn übergebeugt und wärmte die Hände an den Kohlen. Der Schein spielte auf seinen Zügen und gab ihnen ein widriges Ansehen von Magerkeit und ängstlichem Zucken. Margreth blieb in der Tennentür stehen, so seltsam verändert kam ihr das Kind vor.

»Friedrich, wie geht's dem Ohm?« – Der Knabe murmelte einige unverständliche Worte und drängte sich dicht an die Feuermauer. – »Friedrich, hast du das Reden verlernt? Junge, tu' das Maul auf! du weißt ja doch, daß ich auf dem rechten Ohr nicht gut höre.« – Das Kind erhob seine Stimme und geriet dermaßen in's Stammeln, daß Margreth es um nichts mehr begriff. – »Was sagst du? einen Gruß von Meister Semmler? wieder fort? wohin? die Kühe sind schon zu Hause. Verfluchter Junge, ich kann dich nicht verstehen. Wart', ich muß einmal sehen, ob du keine Zunge im Munde hast!« – Sie trat heftig einige Schritte vor. Das Kind sah zu ihr auf, mit dem Jammerblick eines armen, halbwüchsigen Hundes, der Schildwacht stehen lernt, und begann in der Angst mit den Füßen zu stampfen und den Rücken an der Feuermauer zu reiben.

Margreth stand still; ihre Blicke wurden ängstlich. Der Knabe erschien ihr wie zusammengeschrumpft, auch seine Kleider waren nicht dieselben, nein, das war ihr Kind nicht! und dennoch – »Friedrich, Friedrich!« rief sie.

In der Schlafkammer klappte eine Schranktür und der Gerufene trat hervor, in der einen Hand eine sogenannte Holzschenvioline, d. h. einen alten Holzschuh, mit drei bis vier zerschabten Geigensaiten überspannt, in der andern einen Bogen, ganz des Instruments würdig. So ging er gerade auf sein verkümmertes Spiegelbild zu, seinerseits mit einer Haltung bewußter Würde und Selbständigkeit, die in diesem Augenblicke den Unterschied zwischen beiden sonst merkwürdig ähnlichen Knaben stark hervortreten ließ.

»Da, Johannes!« sagte er und reichte ihm mit einer

Gönnermiene das Kunstwerk; »da ist die Violine, die ich dir versprochen habe. Mein Spielen ist vorbei, ich muß jetzt Geld verdienen.« – Johannes warf noch einmal einen scheuen Blick auf Margreth, streckte dann langsam seine Hand aus, bis er das Dargebotene fest ergriffen hatte, und brachte es wie verstohlen unter die Flügel seines armseligen Jäckchens.

Margreth stand ganz still und ließ die Kinder gewähren. Ihre Gedanken hatten eine andere, sehr ernste Richtung genommen, und sie blickte mit unruhigem Auge von Einem auf den Andern. Der fremde Knabe hatte sich wieder über die Kohlen gebeugt mit einem Ausdruck augenblicklichen Wohlbehagens, der an Albernheit grenzte, während in Friedrichs Zügen der Wechsel eines offenbar mehr selbstischen als gutmütigen Mitgefühls spielte und sein Auge in fast glasartiger Klarheit zum erstenmale bestimmt den Ausdruck jenes ungebändigten Ehrgeizes und Hanges zum Großtun zeigte, der nachher als so starkes Motiv seiner meisten Handlungen hervortrat. Der Ruf seiner Mutter störte ihn aus Gedanken, die ihm eben so neu als angenehm waren. Sie saß wieder am Spinnrade.

»Friedrich,« sagte sie zögernd, »sag einmal –« und schwieg dann. Friedrich sah auf und wandte sich, da er nichts weiter vernahm, wieder zu seinem Schützling. »Nein, höre –« und dann leiser: »was ist das für ein Junge? wie heißt er?« – Friedrich antwortete eben so leise: »Das ist des Ohms Simon Schweinehirt, der eine Botschaft an den Hülsmeyer hat. Der Ohm hat mir ein paar Schuhe und eine Weste von Drillich gegeben; die hat mir der Junge unterwegs getragen; dafür hab' ich ihm meine Violine versprochen; er ist ja doch ein armes Kind; Johannes heißt er.« – »Nun –?« sagte Margreth. – »Was willst du, Mutter?« – »Wie heißt er weiter?« – »Ja – weiter nicht – oder, warte – doch: Niemand, Johannes Niemand heißt er. – Er hat keinen Vater,« fügte er leiser hinzu.

Margreth stand auf und ging in die Kammer. Nach einer Weile kam sie heraus, mit einem harten, finstern Ausdruck in den Mienen. – »So, Friedrich,« sagte sie, »laß den Jungen gehen, daß er seine Bestellung machen kann. – Junge, was liegst du da in der Asche? hast du zu Hause nichts zu tun?« – Der Knabe raffte sich mit der Miene eines Verfolgten so eilfertig auf, daß ihm alle Glieder im Wege standen und die Holschenvioline bei einem Haar in's Feuer gefallen wäre.

»Warte, Johannes,« sagte Friedrich stolz, »ich will dir mein halbes Butterbrod geben, es ist mir doch zu groß, die Mutter schneidet allemal über's ganze Brod.« – »Laß doch,« sagte Margreth, »er geht ja nach Hause.« – »Ja, aber er bekommt nichts mehr; Ohm Simon ißt um sieben Uhr.« Margreth wandte sich zu dem Knaben: »Hebt man dir nichts auf? Sprich, wer sorgt für dich?« – »Niemand,« stotterte das Kind. – »Niemand?« wiederholte sie; »da nimm, nimm!« fügte sie heftig hinzu; »du heißt Niemand und Niemand sorgt für dich! Das sei Gott geklagt! Und nun mach dich fort! Friedrich, geh nicht mit ihm, hörst du, geht nicht zusammen durch's Dorf.« – »Ich will ja nur Holz holen aus dem Schuppen,« antwortete Friedrich. – Als beide Knaben fort waren, warf sich Margreth auf einen Stuhl und schlug die

Hände mit dem Ausdruck des tiefsten Jammers zusammen. Ihr Gesicht war bleich wie ein Tuch. »Ein falscher Eid, ein falscher Eid!« stöhnte sie. »Simon, Simon, wie willst du vor Gott bestehen!«

So saß sie eine Weile, starr' mit geklemmten Lippen, wie in völliger Geistesabwesenheit. Friedrich stand vor ihr und hatte sie schon zweimal angeredet. »Was ist's? was willst du?« rief sie auffahrend. – »Ich bringe Euch Geld,« sagte er, mehr erstaunt als erschreckt. – »Geld? wo?« Sie regte sich und die kleine Münze fiel klingend auf den Boden. Friedrich hob sie auf. »Geld vom Ohm Simon, weil ich ihm habe arbeiten helfen. Ich kann mir nun selber was verdienen.« – »Geld vom Simon? wirf's fort, fort! – nein, gib's den Armen. Doch, nein, behalt's,« flüsterte sie kaum hörbar; »wir sind selber arm. Wer weiß, ob wir bei dem Betteln vorbeikommen!« – »Ich soll Montag wieder zum Ohm und ihm bei der Einsaat helfen.« – »Du wieder zu ihm? nein, nein, nimmermehr!« – Sie umfaßte ihr Kind mit Heftigkeit. – »Doch,« fügte sie hinzu, und ein Tränenstrom stürzte ihr plötzlich über die eingefallenen Wangen; »geh, er ist mein einziger Bruder, und die Verleumdung ist groß! Aber halt Gott vor Augen und vergiß das tägliche Gebet nicht!«

Margreth legte das Gesicht an die Mauer und weinte laut. Sie hatte manche harte Last getragen, ihres Mannes üble Behandlung, noch schwerer seinen Tod, und es war eine bittere Stunde, als die Witwe das letzte Stück Ackerland einem Gläubiger zur Nutznießung überlassen mußte und der Pflug vor ihrem Hause stille stand. Aber so war ihr nie zu Mute gewesen; dennoch, nachdem sie einen Abend durchgeweint, eine Nacht durchwacht hatte, war sie dahin gekommen, zu denken, ihr Bruder Simon könne so gottlos nicht sein, der Knabe gehöre gewiß nicht ihm, Ähnlichkeiten wollen nichts beweisen. Hatte sie doch selbst vor vierzig Jahren ein Schwesterchen verloren, das genau dem fremden Hechelkrämer glich. Was glaubt man nicht gern, wenn man so wenig hat und durch Unglauben dies wenige verlieren soll!

Von dieser Zeit an war Friedrich selten mehr zu Hause. Simon schien alle wärmern Gefühle, deren er fähig war, dem Schwestersohn zugewendet zu haben; wenigstens vermißte er ihn sehr und ließ nicht nach mit Botschaften, wenn ein häusliches Geschäft ihn auf einige Zeit bei der Mutter hielt. Der Knabe war seitdem wie verwandelt, das träumerische Wesen gänzlich von ihm gewichen, er trat fest auf, fing an, sein Äußeres zu beachten und bald in den Ruf eines hübschen, gewandten Burschen zu kommen. Sein Ohm, der nicht wohl ohne Projekte leben konnte, unternahm mitunter ziemlich bedeutende öffentliche Arbeiten, z.B. beim Wegbau, wobei Friedrich für einen seiner besten Arbeiter und überall als seine rechte Hand galt; denn obgleich dessen Körperkräfte noch nicht ihr volles Maß erreicht hatten, kam ihm doch nicht leicht Jemand an Ausdauer gleich. Margreth hatte bisher ihren Sohn nur geliebt, jetzt fing sie an, stolz auf ihn zu werden und sogar eine Art Hochachtung vor ihm zu fühlen, da sie den jungen Menschen so ganz ohne ihr Zutun sich entwickeln sah, sogar ohne ihren Rat, den sie, wie die meisten Menschen, für unschätzbar hielt und deshalb die Fähigkeiten nicht hoch genug anzuschlagen wußte, die eines so kostbaren Förderungsmittels entbehren konnten.

In seinem achtzehnten Jahre hatte Friedrich sich bereits einen bedeutenden Ruf in der jungen Dorfwelt gesichert, durch den Ausgang einer Wette, in Folge deren er einen erlegten Eber über zwei Meilen weit auf seinem Rücken trug, ohne abzusetzen. Indessen war der Mitgenuß des Ruhms auch so ziemlich der einzige Vorteil, den Margreth aus diesen günstigen Umständen zog, da Friedrich immer mehr auf sein Äußeres verwandte und allmählich anfing, es schwer zu verdauen, wenn Geldmangel ihn zwang, irgend Jemand im Dorf darin nachzustehen. Zudem waren alle seine Kräfte auf den auswärtigen Erwerb gerichtet; zu Hause schien ihm, ganz im Widerspiel mit seinem sonstigen Rufe, jede anhaltende Beschäftigung lästig, und er unterzog sich lieber einer harten, aber kurzen Anstrengung, die ihm bald erlaubte, seinem frühern Hirtenamte wieder nachzugehen, was bereits begann, seinem Alter unpassend zu werden, und ihm gelegentlichen Spott zuzog, vor dem er sich aber durch ein paar derbe Zurechtweisungen mit der Faust Ruhe verschaffte. So gewöhnte man sich daran, ihn bald geputzt und fröhlich als anerkannten Dorfelegant an der Spitze des jungen Volks zu sehen, bald wieder als zerlumpten Hirtenbuben einsam und träumerisch hinter den Kühen herschleichend, oder in einer Waldlichtung liegend, scheinbar gedankenlos und das Moos von den Bäumen rupfend.

Um diese Zeit wurden die schlummernden Gesetze doch einigermaßen aufgerüttelt durch eine Bande von Holzfrevlern, die unter dem Namen der Blaukittel alle ihre Vorgänger so weit an List und Frechheit übertraf, daß es dem Langmütigsten zu viel werden mußte. Ganz gegen den gewöhnlichen Stand der Dinge, wo man die stärksten Böcke der Herde mit dem Finger bezeichnen konnte, war es hier trotz aller Wachsamkeit bisher nicht möglich gewesen, auch nur ein Individuum namhaft zu machen. Ihre Benennung erhielten sie von der ganz gleichförmigen Tracht, durch die sie das Erkennen erschwerten, wenn etwa ein Förster noch einzelne Nachzügler im Dickicht verschwinden sah. Sie verheerten Alles wie die Wanderraupe, ganze Waldstrecken wurden in einer Nacht gefällt und auf der Stelle fortgeschafft, so daß man am andern Morgen nichts fand, als Späne und wüste Haufen von Topholz, und der Umstand, daß nie Wagenspuren einem Dorfe zuführten, sondern immer vom Flusse her und dorthin zurück, bewies, daß man unter dem Schutz und vielleicht mit dem Beistande der Schiffeigentümer handelte. In der Bande mußten sehr gewandte Spione sein, denn die Förster konnten Wochen lang umsonst wachen; in der ersten Nacht, gleichviel, ob stürmisch oder mondhell, wo sie vor Übermüdung nachließen, brach die Zerstörung ein. Seltsam war es, daß das Landvolk umher eben so unwissend und gespannt schien, als die Förster selber. Von einigen Dörfern ward mit Bestimmtheit gesagt, daß sie nicht zu den Blaukitteln gehörten, aber keines konnte als dringend verdächtig bezeichnet werden, seit man das verdächtigste von allen, das Dorf B., freisprechen mußte. Ein Zufall hatte dies bewirkt, eine Hochzeit, auf der fast alle Bewohner dieses Dorfes notorisch die Nacht zugebracht hatten, während zu eben dieser Zeit die Blaukittel eine ihrer stärksten Expeditionen ausführten.

Der Schaden in den Forsten war indes allzu groß, deshalb wurden die Maßregeln dagegen auf eine bisher unerhörte Weise gesteigert; Tag und Nacht wurde patrolliert, Ackerknechte, Hausbediente mit Gewehren versehen und den Forstbeamten zugesellt. Dennoch war der Erfolg nur gering und die Wächter hatten oft kaum das eine Ende des Forstes verlassen, wenn die Blaukittel schon zum andern einzogen. Das währte länger als ein volles Jahr, Wächter und Blaukittel, Blaukittel und Wächter, wie Sonne und Mond, immer abwechselnd im Besitz des Terrains und nie zusammentreffend.

Es war im Juli 1756 früh um drei; der Mond stand klar am Himmel, aber sein Glanz fing an zu ermatten und im Osten zeigte sich bereits ein schmaler gelber Streif, der den Horizont besäumte und den Eingang einer engen Talschlucht wie mit einem Goldbande schloß. Friedrich lag im Grase, nach seiner gewohnten Weise, und schnitzelte an einem Weidenstabe, dessen knotigem Ende er die Gestalt eines ungeschlachten Tieres zu geben versuchte. Er sah übermüdet aus, gähnte, ließ mitunter seinen Kopf an einem verwitterten Stammknorren ruhen und Blicke, dämmeriger als der Horizont, über den mit Gestrüpp und Aufschlag fast verwachsenen Eingang des Grundes streifen. Ein paarmal belebten sich seine Augen und nahmen den ihnen eigentümlichen glasartigen Glanz an, aber gleich nachher schloß er sie wieder halb und gähnte und dehnte sich, wie es nur faulen Hirten erlaubt ist. Sein Hund lag in einiger Entfernung nah bei den Kühen, die unbekümmert um die Forstgesetze eben so oft den jungen Baumspitzen als dem Grase zusprachen und in die frische Morgenluft schnaubten. Aus dem Walde drang von Zeit zu Zeit ein dumpfer, krachender Schall; der Ton hielt nur einige Sekunden an, begleitet von einem langen Echo an den Bergwänden und wiederholte sich etwa alle fünf bis acht Minuten. Friedrich achtete nicht darauf; nur zuweilen, wenn das Getöse ungewöhnlich stark oder anhaltend war, hob er den Kopf und ließ seine Blikke langsam über die verschiedenen Pfade gleiten, die ihren Ausgang in dem Talgrunde fanden.

Es fing bereits stark zu dämmern an; die Vögel begannen leise zu zwitschern und der Tau stieg fühlbar aus dem Grunde. Friedrich war an dem Stamm hinabgeglitten und starrte, die Arme über den Kopf verschlungen in das leise einschleichende Morgenrot. Plötzlich fuhr er auf: über sein Gesicht fuhr ein Blitz, er horchte einige Sekunden mit vorgebeugtem Oberleib wie ein Jagdhund, dem die Luft Witterung zuträgt. Dann schob er schnell zwei Finger in den Mund und pfiff gellend und anhaltend. – »Fidel, du verfluchtes Tier!« – Ein Steinwurf traf die Seite des unbesorgten Hundes, der, vom Schlafe aufgeschreckt, zuerst um sich biß und dann heulend auf drei Beinen dort Trost suchte, von wo das Übel ausgegangen war. In demselben Augenblicke wurden die Zweige eines nahen Gebüsches fast ohne Geräusch zurückgeschoben und ein Mann trat heraus, im grünen Jagdrock, den silbernen Wappenschild am Arm, die gespannte Büchse in der Hand. Er ließ schnell seine Blicke über die Schlucht fahren und sie dann mit besonderer Schärfe auf dem Knaben verweilen, trat dann vor, winkte nach dem Gebüsch, und allmählich wurden sieben bis acht Männer sichtbar, alle in ähnlicher Kleidung, Weidmesser im Gürtel und die gespannten Gewehre in der Hand.

»Friedrich, was war das?« fragte der zuerst Erschienene. – »Ich wollte, daß der Racker auf der Stelle krepierte. Seinetwegen können die Kühe mir die Ohren vom Kopf fressen.« – »Die Canaille hat uns gesehen,« sagte ein Anderer. – »Morgen sollst du auf die Reise mit einem Stein am Halse,« fuhr Friedrich fort und stieß nach dem Hunde. – »Friedrich, stell dich nicht an wie ein Narr! Du kennst mich und du verstehst mich auch!« – Ein Blick begleitete diese Worte, der schnell wirkte. – »Herr Brandis, denkt an meine Mutter!« – »Das tu' ich. Hast du nichts im Walde gehört?« – »Im Walde?« – Der Knabe warf einen raschen Blick auf des Försters Gesicht. – »Eure Holzfäller, sonst nichts.« – »Meine Holzfäller!«

Die ohnehin dunkle Gesichtsfarbe des Försters ging in tiefes Braunrot über. »Wie viele sind ihrer, und wo treiben sie ihr Wesen?« – »Wohin Ihr sie geschickt habt; ich weiß es nicht.« – Brandis wandte sich zu seinen Gefährten: »Geht voran; ich komme gleich nach.«

Als einer nach dem andern im Dickicht verschwunden war, trat Brandis dicht vor den Knaben: »Friedrich,« sagte er mit dem Ton unterdrückter Wut, »meine Geduld ist zu Ende; ich möchte dich prügeln wie einen Hund, und mehr seid ihr auch nicht wert. Ihr Lumpenpack, dem kein Ziegel auf dem Dach gehört! Bis zum Betteln habt ihr es, Gottlob, bald gebracht, und an meiner Tür soll deine Mutter, die alte Hexe, keine verschimmelte Brodrinde bekommen. Aber vorher sollt ihr mir noch Beide in's Hundeloch!«

Friedrich griff krampfhaft nach einem Aste. Er war totenbleich und seine Augen schienen wie Kristallkugeln aus dem Kopfe schießen zu wollen. Doch nur einen Augenblick. Dann kehrte die größte, an Erschlaffung grenzende Ruhe zurück. – »Herr,« sagte er fest, mit fast sanfter Stimme; »Ihr habt gesagt, was Ihr nicht verantworten könnt, und ich vielleicht auch. Wir wollen es gegen einander aufgehen lassen, und nun will ich Euch sagen, was Ihr verlangt. Wenn Ihr die Holzfäller nicht selbst bestellt habt, so müssen es die Blaukittel sein; denn aus dem Dorfe ist kein Wagen gekommen; ich habe den Weg ja vor mir, und vier Wagen sind es. Ich habe sie nicht gesehen, aber den Hohlweg hinauffahren hören.« – Er stockte einen Augenblick. – »Könnt Ihr sagen, daß ich je einen Baum in Eurem Revier gefällt habe? überhaupt, daß ich je anderwärts gehauen habe, als auf Bestellung? Denkt nach, ob Ihr das sagen könnt?«

Ein verlegenes Murmeln war die ganze Antwort des Försters, der nach Art der meisten rauhen Menschen leicht bereute. Er wandte sich unwirsch und schritt dem Gebüsche zu. – »Nein, Herr,« rief Friedrich, »wenn Ihr zu den andern Förstern wollt, die sind dort an der Buche hinaufgegangen.« – »An der Buche?« sagte Brandis zweifelhaft, »nein, dort hinüber, nach dem Mastergrunde.« – »Ich sage Euch, an der Buche; des langen Heinrich Flintenriemen blieb noch am krummen Ast dort hängen; ich hab's ja gesehen!«

Der Förster schlug den bezeichneten Weg ein. Friedrich hatte die ganze Zeit hindurch seine Stellung nicht verlassen, halb liegend, den Arm um einen dürren Ast geschlungen, sah er dem Fortgehenden unverrückt nach, wie er durch den halbverwachsenen Steig glitt, mit den vorsichtigen weiten Schritten seines Metiers, so geräuschlos wie ein Fuchs die Hühnerstiege erklimmt. Hier sank ein Zweig hinter ihm, dort einer; die Umrisse seiner Gestalt schwanden immer mehr. Da blitzte es noch einmal durch's Laub. Es war ein Stahlknopf seines Jagdrocks; nun war er fort. Friedrichs Gesicht hatte während dieses allmähligen Verschwindens den Ausdruck seiner Kälte verloren und seine Züge schienen zuletzt unruhig bewegt. Gereute es ihn vielleicht, den Förster nicht um Verschweigung seiner Angaben gebeten zu haben? Er ging einige Schritte voran, blieb dann stehen. »Es ist zu spät,« sagte er vor sich hin und griff nach seinem Hute. Ein leises Picken im Gebüsche, nicht zwanzig Schritte von ihm. Es war der Förster, der den Flintenstein schärfte. Friedrich horchte. – »Nein!« sagte er dann mit entschlossenem Tone, raffte seine Siebensachen zusammen und trieb das Vieh eilfertig die Schlucht entlang.

Um Mittag saß Frau Margreth am Herd und kochte Tee. – Friedrich war krank heimgekommen, er klagte über heftige Kopfschmerzen und hatte auf ihre besorgte Nachfrage erzählt, wie er sich schwer geärgert über den Förster; kurz den ganzen eben beschriebenen Vorgang, mit Ausnahme einiger Kleinigkeiten, die er besser fand, für sich zu behalten. Margreth sah schweigend und trübe in das siedende Wasser. Sie war es wohl gewohnt, ihren Sohn mitunter klagen zu hören, aber heute kam er ihr so angegriffen vor, wie sonst nie. Sollte wohl eine Krankheit im Anzuge sein? sie seufzte tief und ließ einen eben ergriffenen Holzblock fallen.

»Mutter!« rief Friedrich aus der Kammer. – »Was willst du?« – »War das ein Schuß?« – »Ach nein, ich weiß nicht, was du meinst.« – »Es pocht mir wohl nur so im Kopfe,« versetzte er.

Die Nachbarin trat herein und erzählte mit leisem Flüstern irgend eine unbedeutende Klatscherei, die Margreth ohne Teilnahme anhörte. Dann ging sie. – »Mutter!« rief Friedrich. Margreth ging zu ihm hinein. »Was erzählte die Hülsmeyer?« – »Ach gar nichts, Lügen, Wind!« – Friedrich richtete sich auf. – »Von der Gretchen Siemers; du weißt ja wohl die alte Geschichte; und ist doch nichts Wahres dran.« – Friedrich legte sich wieder hin. »Ich will sehen, ob ich schlafen kann,« sagte er.

Margreth saß am Herde; sie spann und dachte wenig Erfreuliches. Im Dorfe schlug es halb zwölf; die Türe klinkte und der Gerichtsschreiber Kapp trat herein. – »Guten Tag, Frau Mergel,« sagte er; »könnt Ihr mir einen Trunk Milch geben? ich komme von M.« – Als Frau Mergel das Verlangte brachte, fragte er: »Wo ist Friedrich?« Sie war gerade beschäftigt, einen Teller hervorzulangen und überhörte die Frage. Er trank zögernd und in kurzen Absätzen. »Wißt Ihr wohl,« sagte er dann, »daß die Blaukittel in dieser Nacht wieder im Masterholze eine ganze Strecke so kahl gefegt haben, wie meine Hand?« – »Ei, du frommer Gott!« versetzte sie gleichgültig. »Die Schandbuben,« fuhr der Schreiber fort, »ruinieren Alles; wenn sie noch Rücksicht nähmen auf das junge Holz, aber

Eichenstämmchen wie mein Arm dick, wo nicht einmal eine Ruderstange drin steckt! Es ist, als ob ihnen andrer Leute Schaden eben so lieb wäre wie ihr Profit!« – »Es ist Schade!« sagte Margreth.

Der Amtsschreiber hatte getrunken und ging noch immer nicht. Er schien etwas auf dem Herzen zu haben. »Habt Ihr nichts von Brandis gehört?« fragte er plötzlich. – »Nichts; er kommt niemals hier in's Haus.« – »So wißt Ihr nicht, was ihm begegnet ist?« – »Was denn?« fragte Margreth gespannt. – »Er ist tot!« – »Tot!« rief sie, »was, tot? Um Gotteswillen! er ging ja noch heute morgen ganz gesund hier vorüber mit der Flinte auf dem Rücken!« – »Er ist tot,« wiederholte der Schreiber, sie scharf fixierend; »von den Blaukitteln erschlagen. Vor einer Viertelstunde wurde die Leiche in's Dorf gebracht.«

Margreth schlug die Hände zusammen. – »Gott im Himmel, geh' nicht mit ihm in's Gericht! er wußte nicht, was er tat!« – »Mit ihm!« rief der Amtsschreiber, »mit dem verfluchten Mörder, meint Ihr?« Aus der Kammer drang ein schweres Stöhnen. Margreth eilte hin und der Schreiber folgte ihr. Friedrich saß aufrecht im Bette, das Gesicht in die Hände gedrückt und ächzte wie ein Sterbender. – »Friedrich, wie ist dir?« sagte die Mutter. – »Wie ist dir?« wiederholte der Amtsschreiber. – »O mein Leib, mein Kopf!« jammerte er. – »Was fehlt ihm?« – »Ach, Gott weiß es,« versetzte sie; »er ist schon um vier mit den Kühen heimgekommen, weil ihm so übel war. – Friedrich – Friedrich, antworte doch, soll ich zum Doktor?« – »Nein, nein,« ächzte er, »es ist nur Kolik, es wird schon besser.«

Er legte sich zurück; sein Gesicht zuckte krampfhaft vor Schmerz; dann kehrte die Farbe wieder. – »Geht,« sagte er matt; »ich muß schlafen, dann geht's vorüber.« – »Frau Mergel,« sagte der Amtsschreiber ernst, »ist es gewiß, daß Friedrich um vier zu Hause kam und nicht wieder fortging?« – Sie sah ihn starr an. – »Fragt jedes Kind auf der Straße. Und Fortgehen? – wollte Gott, er könnt' es!« – »Hat er Euch nichts von Brandis erzählt?« – »In Gottes Namen, ja, daß er ihn im Walde geschimpft und unsere Armut vorgeworfen hat, der Lump! – Doch Gott verzeih mir, er ist tot! – Geht!« fuhr sie heftig fort; »seid Ihr gekommen, um ehrliche Leute zu beschimpfen? Geht!« – Sie wandte sich wieder zu ihrem Sohne; der Schreiber ging. – »Friedrich, wie ist dir?« sagte die Mutter; »hast du wohl gehört? schrecklich, schrecklich! ohne Beichte und Absolution!« – »Mutter, Mutter, um Gotteswillen laß mich schlafen; ich kann nicht mehr!«

In diesem Augenblick trat Johannes Niemand in die Kammer; dünn und lang wie eine Hopfenstange, aber zerlumpt und scheu wie wir ihn vor fünf Jahren gesehen. Sein Gesicht war noch bleicher als gewöhnlich. »Friedrich,« stotterte er, »du sollst sogleich zum Ohm kommen; er hat Arbeit für dich; aber sogleich.« – Friedrich drehte sich gegen die Wand. – »Ich komme nicht,« sagte er barsch, »ich bin krank.« – »Du mußt aber kommen,« keuchte Johannes; »er hat gesagt, ich müßte dich mitbringen.« – Friedrich lachte höhnisch auf: »das will ich doch sehen!« – »Laß ihn in Ruhe, er kann nicht,« seufzte Margreth, »du siehst ja, wie es steht.« – Sie ging auf einige Minuten hinaus; als sie zurückkam, war Friedrich bereits angekleidet. – »Was fällt dir ein?« rief sie, »du kannst, du sollst nicht gehen!« – »Was sein muß, schickt sich wohl,« versetzte er und war schon zur Türe hinaus mit Johannes. –»Ach Gott,« seufzte die Mutter, »wenn die Kinder klein sind, treten sie uns in den Schoß, und wenn sie groß sind, in's Herz!«

Die gerichtliche Untersuchung hatte ihren Anfang genommen, die Tat lag klar am Tage; über den Täter aber waren die Anzeigen so schwach, daß, obschon alle Umstände die Blaukittel dringend verdächtigten, man doch nicht mehr als Mutmaßungen wagen konnte. *Eine* Spur schien Licht geben zu wollen: doch rechnete man aus Gründen wenig darauf. Die Abwesenheit des Gutsherrn hatte den Gerichtsschreiber genötigt, auf eigene Hand die Sache einzuleiten. Er saß am Tische; die Stube war gedrängt voll von Bauern, teils neugierigen, teils solchen, von denen man in Ermangelung eigentlicher Zeugen einigen Aufschluß zu erhalten hoffte. Hirten, die in derselben Nacht gehütet, Knechte, die den Acker in der Nähe bestellt, Alle standen stramm und fest, die Hände in den Taschen, gleichsam als stillschweigende Erklärung, daß sie nicht einzuschreiten gesonnen seien. Acht Forstbeamte wurden vernommen. Ihre Aussagen waren völlig gleichlautend: Brandis habe sie am zehnten Abends zur Runde bestellt, da ihm von einem Vorhaben der Blaukittel müsse Kunde zugekommen sein; doch habe er sich nur unbestimmt darüber geäußert. Um zwei Uhr in der Nacht seien sie ausgezogen und auf manche Spuren der Zerstörung gestoßen, die den Oberförster sehr übel gestimmt; sonst sei Alles still gewesen. Gegen vier Uhr habe Brandis gesagt: »wir sind angeführt, laßt uns heim gehen.« – Als sie nun um den Bremerberg gewendet und zugleich der Wind umgeschlagen, habe man deutlich im Masterholz fällen gehört und aus der schnellen Folge der Schläge geschlossen, daß die Blaukittel am Werk seien. Man habe nun eine Weile beratschlagt, ob es tunlich sei, mit so geringer Macht die kühne Bande anzugreifen, und sich dann ohne bestimmten Entschluß dem Schalle langsam genähert. Nun folgte der Auftritt mit Friedrich. Ferner: nachdem Brandis sie ohne Weisung fortgeschickt, seien sie eine Weile vorangeschritten und dann, als sie bemerkt, daß das Getöse im noch ziemlich weit entfernten Walde gänzlich aufgehört, stille gestanden, um den Oberförster zu erwarten. Die Zögerung habe sie verdrossen, und nach etwa zehn Minuten seien sie weiter gegangen und so bis an den Ort der Verwüstung. Alles sei vorüber gewesen, kein Laut mehr im Walde, von zwanzig gefällten Stämmen noch acht vorhanden, die übrigen bereits fortgeschafft. Es sei ihnen unbegreiflich, wie man dieses in's Werk gestellt, da keine Wagenspuren zu finden gewesen. Auch habe die Dürre der Jahreszeit und der mit Fichtennadeln bestreute Boden keine Fußstapfen unterscheiden lassen, obgleich der Grund ringsumher wie festgestampft war. Da man nun überlegt, daß es zu nichts nützen könne, den Oberförster zu erwarten, sei man rasch der andern Seite des Waldes zugeschritten, in der Hoffnung, vielleicht noch einen Blick von den Frevlern zu erhaschen. Hier habe sich einem von ihnen beim Ausgange des Waldes die Flaschenschnur in Brombeerranken verstrickt, und als er umgeschaut, habe er etwas im Gestrüpp blitzen sehen; es war die Gurtschnalle des Oberförsters, den man nun hinter den Ranken liegend fand, grad ausgestreckt, die rechte Hand um den Flintenlauf geklemmt, die andere geballt und die Stirn von einer Axt gespalten.

Dies waren die Aussagen der Förster; nun kamen die Bauern an die Reihe, aus denen jedoch nichts zu bringen war. Manche behaupteten, um vier Uhr noch zu Hause oder anderswo beschäftigt gewesen zu sein, und keiner wollte etwas bemerkt haben. Was war zu machen? sie waren sämtlich angesessene, unverdächtige Leute. Man mußte sich mit ihren negativen Zeugnissen begnügen.

Friedrich ward herein gerufen. Er trat ein mit einem Wesen, das sich durchaus nicht von seinem gewöhnlichen unterschied, weder gespannt noch keck. Das Verhör währte ziemlich lange und die Fragen waren mitunter ziemlich schlau gestellt; er beantwortete sie jedoch alle offen und bestimmt und erzählte den Vorgang zwischen ihm und dem Oberförster ziemlich der Wahrheit gemäß, bis auf das Ende, das er geratener fand, für sich zu behalten. Sein Alibi zur Zeit des Mordes war leicht erwiesen. Der Förster lag am Ausgange des Masterholzes; über Dreiviertel Stunden Weges von der Schlucht, in der er Friedrich um vier Uhr angeredet und aus der dieser seine Herde schon zehn Minuten später in's Dorf getrieben. Jedermann hatte dies gesehen; alle anwesenden Bauern beeiferten sich, es zu bezeugen; mit diesem hatte er geredet, jenem zugenickt.

Der Gerichtsschreiber saß unmutig und verlegen da. Plötzlich fuhr er mit der Hand hinter sich und brachte etwas Blinkendes vor Friedrichs Auge. »Wem gehört dies?« – Friedrich sprang drei Schritt zurück. »Herr Jesus! ich dachte Ihr wolltet mir den Schädel einschlagen.« Seine Augen waren rasch über das tödliche Werkzeug gefahren und schienen momentan auf einem ausgebrochenen Splitter am Stiele zu haften. »Ich weiß es nicht,« sagte er fest. – Es war die Axt, die man in dem Schädel des Oberförsters eingeklammert gefunden hatte. – »Sieh sie genau an,« fuhr der Gerichtsschreiber fort. Friedrich faßte sie mit der Hand, besah sie oben, unten, wandte sie um. »Es ist eine Axt wie andere,« sagte er dann und legte sie gleichgültig auf den Tisch. Ein Blutfleck ward sichtbar; er schien zu schaudern, aber er wiederholte noch einmal sehr bestimmt: »Ich kenne sie nicht.« Der Gerichtsschreiber seufzte vor Unmut. Er selbst wußte um nichts mehr, und hatte nur einen Versuch zu möglicher Entdeckung durch Überraschung machen wollen. Es blieb nichts übrig, als das Verhör zu schließen.

Denjenigen, die vielleicht auf den Ausgang dieser Begebenheit gespannt sind, muß ich sagen, daß diese Geschichte nie aufgeklärt wurde, obwohl noch viel dafür geschah und diesem Verhöre mehrere folgten. Den Blaukitteln schien durch das Aufsehen, das der Vorgang gemacht und die darauf folgenden geschärften Maßregeln der Mut genommen; sie waren von nun an wie verschwunden, und obgleich späterhin noch mancher Holzfrevler erwischt wurde, fand man doch nie Anlaß, ihn der berüchtigten Bande zuzuschreiben. Die Axt lag zwanzig Jahre nachher als unnützes Corpus delicti im Gerichtsarchiv, wo sie wohl noch jetzt ruhen mag mit ihren Rostflecken. Es würde in einer erdichteten Geschichte Unrecht sein, die Neugier des Lesers so zu täuschen. Aber dies Alles hat sich wirklich zugetragen; ich kann nichts davon oder dazu tun.

Am nächsten Sonntage stand Friedrich sehr früh auf, um zur Beichte zu gehen. Es war Mariä Himmelfahrt und die Pfarrgeistlichen schon vor Tagesanbruch im Beichtstuhle. Nachdem er sich im Finstern angekleidet, verließ er so geräuschlos wie möglich den engen Verschlag, der ihm in Simons Hause eingeräumt war. In der Küche mußte sein Gebetbuch auf dem Sims liegen und er hoffte, es mit Hülfe des schwachen Mondlichts zu finden; es war nicht da. Er warf die Augen suchend umher und fuhr zusammen; in der Kammertür stand Simon, fast unbekleidet, seine dürre Gestalt, sein ungekämmtes, wirres Haar und die vom Mondschein verursachte Blässe des Gesichts gaben ihm ein schauerlich verändertes Ansehen. »Sollte er nachtwandeln?« dachte Friedrich, und verhielt sich ganz still. – »Friedrich, wohin?« flüsterte der Alte. – »Ohm, seid Ihr's? ich will beichten gehen.« – »Das dacht' ich mir; geh' in Gottes Namen, aber beichte wie ein guter Christ.« – »Das will ich,« sagte Friedrich. – »Denk an die zehn Gebote: du sollst kein Zeugnis ablegen gegen deinen Nächsten.« – »Kein falsches!« – »Nein, gar keines; du bist schlecht unterrichtet; wer einen andern in der Beichte anklagt, der empfängt das Sakrament unwürdig.«

Beide schwiegen. – »Ohm, wie kommt Ihr darauf?« sagte Friedrich dann; »Eu'r Gewissen ist nicht rein; Ihr habt mich belogen.« – »Ich? so?« – »Wo ist Eure Axt?« – »Meine Axt? auf der Tenne.« – »Habt Ihr einen neuen

Stiel hinein gemacht? wo ist der alte?« – »Den kannst du heute bei Tag im Holzschuppen finden. Geh',« fuhr er verächtlich fort, »ich dachte du seist ein Mann; aber du bist ein altes Weib, das gleich meint, das Haus brennt, wenn ihr Feuertopf raucht. Sieh,« fuhr er fort, »wenn ich mehr von der Geschichte weiß, als der Türpfosten da, so will ich ewig nicht selig werden. – Längst war ich zu Haus,« fügte er hinzu. – Friedrich stand beklemmt und zweifelnd. Er hätte viel darum gegeben, seines Ohms Gesicht sehen zu können. Aber während sie flüsterten, hatte der Himmel sich bewölkt.

»Ich habe schwere Schuld,« seufzte Friedrich, »daß ich ihn den unrechten Weg geschickt – obgleich – doch, dies hab' ich nicht gedacht, nein, gewiß nicht. Ohm, ich habe Euch ein schweres Gewissen zu danken.« – »So geh, beicht!« flüsterte Simon mit bebender Stimme; »verunehre das Sakrament durch Angeberei und setze armen Leuten einen Spion auf den Hals, der schon Wege finden wird, ihnen das Stückchen Brod aus den Zähnen zu reißen, wenn er gleich nicht reden darf – geh!« – Friedrich stand unschlüssig; er hörte ein leises Geräusch; die Wolken verzogen sich, das Mondlicht fiel wieder auf die Kammertür: sie war geschlossen. Friedrich ging an diesem Morgen nicht zur Beichte. –

Der Eindruck, den dieser Vorfall auf Friedrich gemacht, erlosch leider nur zu bald. Wer zweifelt daran, daß Simon Alles tat, seinen Adoptivsohn dieselben Wege zu leiten, die er selber ging? Und in Friedrich lagen Eigenschaften, die dies nur zu sehr erleichterten: Leichtsinn, Erregbarkeit, und vor Allem ein grenzenloser Hochmut, der nicht immer den Schein verschmähte, und dann Alles daran setzte, durch Wahrmachung des Usurpierten möglicher Beschämung zu entgehen. Seine Natur war nicht unedel, aber er gewöhnte sich, die innere Schande der äußern vorzuziehen. Man darf nur sagen, er gewöhnte sich zu prunken, während seine Mutter darbte.

Diese unglückliche Wendung seines Charakters war indessen das Werk mehrerer Jahre, in denen man bemerkte, daß Margreth immer stiller über ihren Sohn ward und allmählich in einen Zustand der Verkommenheit versank, den man früher bei ihr für unmöglich gehalten hätte. Sie wurde scheu, saumselig, sogar unordentlich, und Manche meinten, ihr Kopf habe gelitten. Friedrich ward desto lauter; er versäumte keine Kirchweih oder Hochzeit, und da ein sehr empfindliches Ehrgefühl ihn die geheime Mißbilligung Mancher nicht übersehen ließ, war er gleichsam immer unter Waffen, der öffentlichen Meinung nicht sowohl Trotz zu bieten, als sie den Weg zu leiten, der ihm gefiel. Er war äußerlich ordentlich, nüchtern, anscheinend treuherzig, aber listig, prahlerisch und oft roh, ein Mensch, an dem Niemand Freude haben konnte, am wenigsten seine Mutter, und der dennoch durch seine gefürchtete Kühnheit und noch mehr gefürchtete Tücke ein gewisses Übergewicht im Dorfe erlangt hatte, das um so mehr anerkannt wurde, je mehr man sich bewußt war, ihn nicht zu kennen und nicht berechnen zu können, wessen er am Ende fähig sei. Nur ein Bursch im Dorfe, Wilm Hülsmeyer, wagte im Bewußtsein seiner Kraft und guter Verhältnisse ihm die Spitze zu bieten; und da er gewandter in Worten war, als Friedrich, und immer, wenn der Stachel saß, einen Scherz daraus zu machen wußte, so war dies der Einzige, mit dem Friedrich ungern zusammentraf.

---

Vier Jahre waren verflossen; es war im Oktober; der milde Herbst von 1760, der alle Scheunen mit Korn und alle Keller mit Wein füllte, hatte seinen Reichtum auch über diesen Erdwinkel strömen lassen, und man sah mehr Betrunkene, hörte von mehr Schlägereien und dummen Streichen, als je. Überall gab's Lustbarkeiten; der blaue Montag kam in Aufnahme, und wer ein paar Taler erübrigt hatte, wollte gleich eine Frau dazu, die ihm heute essen und morgen hungern helfen könne. Da gab es im Dorfe eine tüchtige, solide Hochzeit, und die Gäste durften mehr erwarten, als eine verstimmte Geige, ein Glas Branntwein und was sie an guter Laune selber mitbrachten. Seit früh war Alles auf den Beinen; vor jeder Tür wurden Kleider gelüftet, und B. glich den ganzen Tag einer Trödelbude. Da viele Auswärtige erwartet wurden, wollte Jeder gern die Ehre des Dorfes oben halten.

Es war sieben Uhr Abends und Alles in vollem Gange; Jubel und Gelächter an allen Enden, die niedern Stuben zum Ersticken angefüllt mit blauen, roten und gelben Gestalten, gleich Pfandställen, in denen eine zu große Herde eingepfercht ist. Auf der Tenne ward getanzt, das heißt, wer zwei Fuß Raum erobert hatte, drehte sich darauf immer rund um und suchte durch Jauchzen zu ersetzen, was an Bewegung fehlte. Das Orchester war glänzend, die erste Geige als anerkannte Künstlerin prädominierend, die zweite und eine große Baßviole mit drei Saiten von

Dilettanten ad libitum gestrichen; Branntwein und Kaffee im Überfluß, alle Gäste von Schweiß triefend; kurz, es war ein köstliches Fest. Friedrich stolzierte umher wie ein Hahn, im neuen himmelblauen Rock, und machte sein Recht als erster Elegant geltend. Als auch die Gutsherrschaft anlangte, saß er gerade hinter der Baßgeige und strich die tiefste Saite mit großer Kraft und vielem Anstand.

»Johannes!« rief er gebieterisch, und heran trat sein Schützling von dem Tanzplatze, wo er auch seine ungelenken Beine zu schlenkern und eins zu jauchzen versucht hatte. Friedrich reichte ihm den Bogen, gab durch eine stolze Kopfbewegung seinen Willen zu erkennen und trat zu den Tanzenden. »Nun lustig, Musikanten: den Papen van Istrup!« – Der beliebte Tanz ward gespielt und Friedrich machte Sätze vor den Augen seiner Herrschaft, daß die Kühe an der Tenne die Hörner zurückzogen und Kettengeklirr und Gebrumm an ihren Ständern herlief. Fußhoch über die Andern tauchte sein blonder Kopf auf und nieder, wie ein Hecht, der sich im Wasser überschlägt; an allen Enden schrien Mädchen auf, denen er zum Zeichen der Huldigung mit einer raschen Kopfbewegung sein langes Flachshaar in's Gesicht schleuderte.

»Jetzt ist es gut!« sagte er endlich und trat schweißtriefend an den Kredenztisch; »die gnädigen Herrschaften sollen leben und alle die hochadeligen Prinzen und Prinzessinnen, und wer's nicht mittrinkt, den will ich an die Ohren schlagen, daß er die Engel singen hört!« – Ein lautes Vivat beantwortete den galanten Toast. – Friedrich machte seinen Bückling. – »Nichts für ungut, gnädige

Herrschaften; wir sind nur ungelehrte Bauersleute!« In diesem Augenblick erhob sich ein Getümmel am Ende der Tenne, Geschrei, Schelten, Gelächter, alles durcheinander. »Butterdieb, Butterdieb!« riefen ein paar Kinder, und heran drängte sich, oder vielmehr ward geschoben, Johannes Niemand, den Kopf zwischen die Schultern ziehend und mit aller Macht nach dem Ausgange strebend. – »Was ist's? was habt ihr mit unserem Johannes?« rief Friedrich gebieterisch.

»Das sollt Ihr früh genug gewahr werden,« keuchte ein altes Weib mit der Küchenschürze und einem Wischhader in der Hand. – Schande! Johannes, der arme Teufel, dem zu Hause das Schlechteste gut genug sein mußte, hatte versucht, sich ein halbes Pfündchen Butter für die kommende Dürre zu sichern, und ohne daran zu denken, daß er es, sauber in sein Schnupftuch gewickelt, in der Tasche geborgen, war er an's Küchenfeuer getreten und nun rann das Fett schmählich die Rockschöße entlang. Allgemeiner Aufruhr; die Mädchen sprangen zurück, aus Furcht, sich zu beschmutzen, oder stießen den Delinquenten vorwärts. Andere machten Platz, sowohl aus Mitleid als Vorsicht. Aber Friedrich trat vor: »Lumpenhund!« rief er; ein paar derbe Maulschellen trafen den geduldigen Schützling; dann stieß er ihn an die Tür und gab ihm einen tüchtigen Fußtritt mit auf den Weg.

Er kehrte niedergeschlagen zurück; seine Würde war verletzt, das allgemeine Gelächter schnitt ihm durch die Seele, ob er sich gleich durch einen tapfern Juchheschrei wieder in den Gang zu bringen suchte – es wollte nicht mehr recht gehen. Er war im Begriff, sich wieder hinter die Baßviole zu flüchten; doch zuvor noch ein Knalleffekt: er zog seine silberne Taschenuhr hervor, zu jener Zeit ein seltener und kostbarer Schmuck. »Es ist bald zehn,« sagte er. »Jetzt den Brautmenuet! ich will Musik machen.«

»Eine prächtige Uhr!« sagte der Schweinehirt und schob sein Gesicht in ehrfurchtsvoller Neugier vor. – »Was hat sie gekostet?« rief Wilm Hülsmeyer, Friedrichs Nebenbuhler. – »Willst du sie bezahlen?« fragte Friedrich. – »Hast *du* sie bezahlt?« antwortete Wilm. Friedrich warf einen stolzen Blick auf ihn und griff in schweigender Majestät zum Fidelbogen. – »Nun, nun,« sagte Hülsmeyer, »dergleichen hat man schon erlebt. Du weißt wohl, der Franz Ebel hatte auch eine schöne Uhr, bis der Jude Aaron sie ihm wieder abnahm.« Friedrich antwortete nicht, sondern winkte stolz der ersten Violine, und sie begannen aus Leibeskräften zu streichen.

Die Gutsherrschaft war indessen in die Kammer getreten, wo der Braut von den Nachbarfrauen das Zeichen ihres neuen Standes, die weiße Stirnbinde, umgelegt wurde. Das junge Blut weinte sehr, teils weil es die Sitte so wollte, teils aus wahrer Beklemmung. Sie sollte einem verworrenen Haushalt vorstehen, unter den Augen eines mürrischen alten Mannes, den sie noch obendrein lieben sollte. Er stand neben ihr, durchaus nicht wie der Bräutigam des hohen Liedes, der »in die Kammer tritt wie die Morgensonne.« – »Du hast nun genug geweint,« sagte er verdrießlich; »bedenk, du bist es nicht, die mich glücklich macht, ich mache dich glücklich!« – Sie sah demütig zu ihm auf und schien zu fühlen, daß er Recht habe. – Das Geschäft war beendigt; die junge Frau hatte ihrem Manne zugetrunken, junge Spaßvögel hatten durch den Dreifuß geschaut, ob die Binde gerade sitze, und man drängte sich wieder der Tenne zu, von wo unauslöschliches Gelächter und Lärm herüberschallte. Friedrich war nicht mehr dort. Eine große, unerträgliche Schmach hatte ihn getroffen, da der Jude Aaron, ein Schlächter und gelegentlicher Althändler aus dem nächsten Städtchen, plötzlich erschienen war, und nach einem kurzen, unbefriedigenden Zwiegespräch ihn laut vor allen Leuten um den Betrag von zehn Talern für eine schon um Ostern gelieferte Uhr gemahnt hatte. Friedrich war wie vernichtet fortgegangen und der Jude ihm gefolgt, immer schreiend: »O weh mir! warum hab' ich nicht gehört auf vernünftige Leute! Haben sie mir nicht hundertmal gesagt, Ihr hättet all Eu'r Gut am Leibe und kein Brod im Schranke!« – Die Tenne tobte von Gelächter; manche hatten sich auf den Hof nachgedrängt. – »Packt den Juden! wiegt ihn gegen ein Schwein!« riefen Einige; andere waren ernst geworden. – »Der Friedrich sah so blaß aus wie ein Tuch,« sagte eine alte Frau, und die Menge teilte sich, wie der Wagen des Gutsherrn in den Hof lenkte.

Herr von S. war auf dem Heimwege verstimmt, die jedesmalige Folge, wenn der Wunsch, seine Popularität aufrecht zu erhalten, ihn bewog, solchen Festen beizuwohnen. Er sah schweigend aus dem Wagen. »Was sind denn das für ein paar Figuren?« – Er deutete auf zwei dunkle Gestalten, die vor dem Wagen rannten wie Strauße. Nun schlüpften sie in's Schloß. – »Auch ein paar selige Schweine aus unserm eigenen Stall!« seufzte Herr von S. Zu Hause angekommen, fand er die Hausflur vom ganzen

Dienstpersonal eingenommen, das zwei Kleinknechte umstand, welche sich blaß und atemlos auf der Stiege niedergelassen hatten. Sie behaupteten, von des alten Mergels Geist verfolgt worden zu sein, als sie durch's Brederholz heimkehrten. Zuerst hatte es über ihnen an der Höhe gerauscht und geknistert; darauf hoch in der Luft ein Geklapper wie von aneinander geschlagenen Stöcken; plötzlich ein gellender Schrei und ganz deutlich die Worte: »O weh, meine arme Seele!« hoch von oben herab. Der Eine wollte auch glühende Augen durch die Zweige funkeln gesehen haben, und Beide waren gelaufen, was ihre Beine vermochten.

»Dummes Zeug!« sagte der Gutsherr verdrießlich und trat in die Kammer, sich umzukleiden. Am andern Morgen wollte die Fontäne im Garten nicht springen, und es fand sich, daß Jemand eine Röhre verrückt hatte, augenscheinlich um nach dem Kopfe eines vor vielen Jahren hier verscharrten Pferdegerippes zu suchen, der für ein bewährtes Mittel wider allen Hexen- und Geisterspuk gilt. »Hm,« sagte der Gutsherr, »was die Schelme nicht stehlen, das verderben die Narren.«

Drei Tage später tobte ein furchtbarer Sturm. Es war Mitternacht, aber Alles im Schlosse außer dem Bett. Der Gutsherr stand am Fenster und sah besorgt in's Dunkle, nach seinen Feldern hinüber. An den Scheiben flogen Blätter und Zweige her; mitunter fuhr ein Ziegel hinab und schmetterte auf das Pflaster des Hofes. – »Furchtbares Wetter!« sagte Herr von S. Seine Frau sah ängstlich aus. »Ist das Feuer auch gewiß gut verwahrt?« sagte sie; »Gretchen, sieh noch einmal nach, gieß es lieber ganz aus! – Kommt, wir wollen das Evangelium Johannis beten.« Alles kniete nieder und die Hausfrau begann: »Im Anfang war das Wort und das Wort war bei Gott und Gott war das Wort.« Ein furchtbarer Donnerschlag. Alle fuhren zusammen; dann furchtbares Geschrei und Getümmel die Treppe heran. – »Um Gotteswillen! brennt es?« rief Frau von S. und sank mit dem Gesichte auf den Stuhl. Die Türe ward aufgerissen und herein stürzte die Frau des Juden Aaron, bleich wie der Tod, das Haar wild um den Kopf, von Regen triefend. Sie warf sich vor dem Gutsherrn auf die Knie. »Gerechtigkeit!« rief sie, »Gerechtigkeit! mein Mann ist erschlagen!« und sank ohnmächtig zusammen.

Es war nur zu wahr, und die nachfolgende Untersuchung bewies, daß der Jude Aaron durch einen Schlag an die Schläfe mit einem stumpfen Instrumente, wahrscheinlich einem Stabe, sein Leben verloren hatte, durch einen einzigen Schlag. An der linken Schläfe war der blaue Fleck, sonst keine Verletzung zu finden. Die Aussagen der Jüdin und ihres Knechtes Samuel lauteten so: Aaron war vor drei Tagen am Nachmittage ausgegangen, um Vieh zu kaufen, und hatte dabei gesagt, er werde wohl über Nacht ausbleiben, da noch einige böse Schuldner in B. und S. zu mahnen seien. In diesem Falle werde er in B. beim Schlächter Salomon übernachten. Als er am folgenden Tage nicht heimkehrte, war seine Frau sehr besorgt geworden und hatte sich endlich heute um drei Nachmittags in Begleitung ihres Knechtes und des großen Schlächterhundes auf den Weg gemacht. Beim Juden Salomon wußte man nichts von Aaron; er war gar nicht da gewesen. Nun waren sie zu allen Bauern gegangen, von denen sie wußten, daß Aaron einen Handel mit ihnen im Auge hatte. Nur zwei hatten ihn gesehen, und zwar an demselben Tage, an welchem er ausgegangen. Es war darüber sehr spät geworden. Die große Angst trieb das Weib nach Haus, wo sie ihren Mann wiederzufinden eine schwache Hoffnung nährte. So waren sie im Brederholz vom Gewitter überfallen worden und hatten unter einer großen, am Berghange stehenden Buche Schutz gesucht; der Hund hatte unterdessen auf eine auffallende Weise umhergestöbert und sich endlich, trotz allem Locken, im Walde verlaufen. Mit einemmale sieht die Frau beim Leuchten des Blitzes etwas weißes neben sich im Moose. Es ist der Stab ihres Mannes, und fast im selben Augenblicke bricht der Hund durch's Gebüsch und trägt etwas im Maule: es ist der Schuh ihres Mannes. Nicht lange, so ist in einem mit dürrem Laube gefüllten Graben der Leichnam des Juden gefunden. – Dies war die Angabe des Knechtes, von der Frau nur im Allgemeinen unterstützt; ihre übergroße Spannung hatte nachgelassen und sie schien jetzt halb verwirrt oder vielmehr stumpfsinnig. – »Aug um Auge, Zahn um Zahn!« dies waren die einzigen Worte, die sie zuweilen hervorstieß.

In derselben Nacht noch wurden die Schützen aufgeboten, um Friedrich zu verhaften. Der Anklage bedurfte es nicht, da Herr von S. selbst Zeuge eines Auftritts gewesen war, der den dringendsten Verdacht auf ihn werfen mußte; zudem die Gespenstergeschichte von jenem Abende, das Aneinanderschlagen der Stäbe im Brederholz, der Schrei aus der Höhe. Da der Amtsschreiber gerade abwesend war, so betrieb Herr von S. selbst alles rascher, als sonst geschehen wäre. Dennoch begann die Dämmerung bereits anzubrechen, bevor die Schützen so geräuschlos wie möglich das Haus der armen Margreth umstellt hatten. Der Gutsherr selber pochte an; es währte kaum eine Minute, bis geöffnet ward und Margreth völlig gekleidet in der Türe erschien. Herr von S. fuhr zurück; er hätte sie fast nicht erkannt, so blaß und steinern sah sie aus.

»Wo ist Friedrich?« fragte er mit unsicherer Stimme. – »Sucht ihn,« antwortete sie und setzte sich auf einen Stuhl. Der Gutsherr zögerte noch einen Augenblick. »Herein, herein!« sagte er dann barsch; »worauf warten wir?« Man trat in Friedrichs Kammer. Er war nicht da, aber das Bett noch warm. Man stieg auf den Söller, in den Keller, stieß in's Stroh, schaute hinter jedes Faß, sogar in den Backofen; er war nicht da. Einige gingen in den Garten, sahen hinter den Zaun und in die Apfelbäume hinauf; er war nicht zu finden. – »Entwischt!« sagte der Gutsherr mit sehr gemischten Gefühlen: der Anblick der alten Frau wirkte gewaltig auf ihn. »Gebt den Schlüssel zu jenem Koffer.« – Margreth antwortete nicht. – »Gebt den Schlüssel!« wiederholte der Gutsherr, und merkte jetzt erst, daß der Schlüssel steckte. Der Inhalt des Koffers kam zum Vorschein: des Entflohenen gute Sonntagskleider und seiner Mutter ärmlicher Staat; dann zwei Leichenhemden mit schwarzen Bändern, das eine für einen Mann, das andere für eine Frau gemacht. Herr von S. war tief erschüttert. Ganz zu unterst auf dem Boden des Koffers lag die silberne Uhr und einige Schriften von sehr leserlicher Hand, eine derselben von einem Manne unterzeichnet, den man in starkem Verdacht der Verbindung mit den Holzfrevlern hatte. Herr von S. nahm sie mit zur Durchsicht, und man verließ das Haus, ohne daß Margreth ein anderes Lebenszeichen von sich gegeben hätte, als daß sie unaufhörlich die Lippen nagte und mit den Augen zwinkerte.

Im Schlosse angelangt, fand der Gutsherr den Amtsschreiber, der schon am vorigen Abend heimgekommen war und behauptete, die ganze Geschichte verschlafen zu haben, da der gnädige Herr nicht nach ihm geschickt. – »Sie kommen immer zu spät,« sagte Herr von S. verdrießlich. »War denn nicht irgend ein altes Weib im Dorfe, das Ihrer Magd die Sache erzählte? und warum weckte man Sie dann nicht?« – »Gnädiger Herr,« versetzte Kapp, »allerdings hat meine Anne Marie den Handel um eine Stunde früher erfahren als ich; aber sie wußte, daß Ihre Gnaden die Sache selbst leiteten, und dann,« fügte er mit klagender Miene hinzu, »daß ich so todmüde war.« – »Schöne Polizei!« murmelte der Gutsherr, »jede alte Schachtel im Dorf weiß Bescheid, wenn es recht geheim zugehen soll.« Dann fuhr er heftig fort: »Das müßte wahrhaftig ein dummer Teufel von Delinquenten sein, der sich packen ließe!«

Beide schwiegen eine Weile. – »Mein Fuhrmann hatte sich in der Nacht verirrt,« hob der Amtsschreiber wieder an; »über eine Stunde lang hielten wir im Walde; es war ein Mordwetter; ich dachte, der Wind werde den Wagen umreißen. Endlich, als der Regen nachließ, fuhren wir in Gottes Namen darauf los, immer in das Zellerfeld hinein, ohne eine Hand vor den Augen zu sehen. Da sagte der

Kutscher: wenn wir nur nicht den Steinbrüchen zu nahe kommen! Mir war selbst bange; ich ließ halten und schlug Feuer, um wenigstens etwas Unterhaltung an meiner Pfeife zu haben. Mit einemmale hörten wir ganz nah, perpendikulär unter uns die Glocke schlagen. Ew. Gnaden mögen glauben, daß mir fatal zu Mut wurde. Ich sprang aus dem Wagen, denn seinen eigenen Beinen kann man trauen, aber denen der Pferde nicht. So stand ich, in Kot und Regen, ohne mich zu rühren, bis es Gottlob sehr bald anfing zu dämmern. Und wo hielten wir? dicht an der Heerser Tiefe und den Turm von Heerse gerade unter uns. Wären wir noch zwanzig Schritt weiter gefahren, wir wären alle Kinder des Todes gewesen.« – »Das war in der Tat kein Spaß,« versetzte der Gutsherr, halb versöhnt.

Er hatte unterdessen die mitgenommenen Papiere durchgesehen. Es waren Mahnbriefe um geliehene Gelder, die meisten von Wucherern. – »Ich hätte nicht gedacht,« murmelte er, »daß die Mergels so tief drin stecken.« – »Ja, und daß es so an den Tag kommen muß,« versetzte Kapp; »das wird kein kleiner Ärger für Frau Margreth sein.« – »Ach Gott, die denkt jetzt daran nicht!« – Mit diesen Worten stand der Gutsherr auf und verließ das Zimmer, um mit Herrn Kapp die gerichtliche Leichenschau vorzunehmen. – Die Untersuchung war kurz, gewaltsamer Tod erwiesen, der vermutliche Täter entflohen, die Anzeigen gegen ihn zwar gravierend, doch ohne persönliches Geständnis nicht beweisend, seine Flucht allerdings sehr verdächtig. So mußte die gerichtliche Verhandlung ohne genügenden Erfolg geschlossen werden.

Die Juden der Umgegend hatten großen Anteil gezeigt. Das Haus der Witwe ward nie leer von Jammernden und Ratenden. Seit Menschengedenken waren nicht so viel Juden beisammen in L. gesehen worden. Durch den Mord ihres Glaubensgenossen aufs Äußerste erbittert, hatten sie weder Mühe noch Geld gespart, dem Täter auf die Spur zu kommen. Man weiß sogar, daß einer derselben, gemeinhin der Wucherjoel genannt, einem seiner Kunden, der ihm mehrere Hunderte schuldete und den er für einen besonders listigen Kerl hielt, Erlaß der ganzen Summe angeboten hatte, falls er ihm zur Verhaftung des Mergel verhelfen wolle; denn der Glaube war allgemein unter den Juden, daß der Täter nur mit guter Beihülfe entwischt und wahrscheinlich noch in der Umgegend sei. Als dennoch Alles nichts half und die gerichtliche Verhandlung für beendet erklärt worden war, erschien am nächsten Morgen eine Anzahl der angesehensten Israeliten im Schlosse, um dem gnädigen Herrn einen Handel anzutragen. Der Gegenstand war die Buche, unter der Aarons Stab gefunden und wo der Mord wahrscheinlich verübt worden war. – »Wollt ihr sie fällen? so mitten im vollen Laube?« fragte der Gutsherr. – »Nein, Ihro Gnaden, sie muß stehen bleiben im Winter und Sommer, so lange ein Span daran ist.« – »Aber wenn ich nun den Wald hauen lasse, so schadet es dem jungen Aufschlag.« – »Wollen wir sie doch nicht um gewöhnlichen Preis.« – Sie boten 200 Taler. Der Handel ward geschlossen und allen Förstern streng eingeschärft, die Judenbuche auf keine Weise zu schädigen. Darauf sah man an einem Abende wohl gegen sechzig Juden, ihren Rabbiner an der Spitze, in das

Brederholz ziehen, alle schweigend und mit gesenkten Augen. Sie blieben über eine Stunde im Walde und kehrten dann eben so ernst und feierlich zurück, durch das Dorf B. bis in das Zellerfeld, wo sie sich zerstreuten und jeder seines Weges ging. Am nächsten Morgen stand an der Buche mit dem Beil eingehauen:

אִם תַּעֲבוֹר בַּמָּקוֹם הַזֶּה יִפְגַּע בָּךְ כַּאֲשֶׁר אַתָּה עָשִׂיתָ לִי׃

Und wo war Friedrich? Ohne Zweifel fort, weit genug, um die kurzen Arme einer so schwachen Polizei nicht mehr fürchten zu dürfen. Er war bald verschollen, vergessen. Ohm Simon redete selten von ihm, und dann schlecht; die Judenfrau tröstete sich am Ende und nahm einen andern Mann. Nur die arme Margreth blieb ungetröstet.

Etwa ein halbes Jahr nachher las der Gutsherr einige eben erhaltene Briefe in Gegenwart des Amtsschreibers. – »Sonderbar, sonderbar!« sagte er. »Denken Sie sich, Kapp, der Mergel ist vielleicht unschuldig an dem Morde. So eben schreibt mir der Präsident des Gerichtes zu P.: ›Le vrai n'est pas toujours vraisemblable; das erfahre ich oft in meinem Berufe und jetzt neuerdings. Wissen Sie wohl, daß Ihr lieber Getreuer, Friedrich Mergel, den Juden mag eben so wenig erschlagen haben, als ich oder Sie? Leider fehlen die Beweise, aber die Wahrscheinlichkeit ist groß. Ein Mitglied der Schlemmingschen Bande (die wir jetzt, nebenbei gesagt, größtenteils unter Schloß und Riegel haben), Lumpenmoises genannt, hat im letzten Verhöre ausgesagt, daß ihn nichts so sehr gereue, als der Mord eines Glaubensgenossen, Aaron, den er im Walde erschlagen und doch nur sechs Groschen bei ihm gefunden habe. Leider ward das Verhör durch die Mittagsstunde unterbrochen, und während wir tafelten, hat sich der Hund von einem Juden an seinem Strumpfband erhängt. Was sagen Sie dazu? Aaron ist zwar ein verbreiteter Name u.s.w.‹« – »Was sagen Sie dazu?« wiederholte der Gutsherr; »und weshalb wäre der Esel von einem Burschen denn gelaufen?« – Der Amtsschreiber dachte nach. – »Nun, vielleicht der Holzfrevel wegen, mit denen wir ja gerade in Untersuchung waren. Heißt es nicht: der Böse läuft vor seinem eigenen Schatten? Mergels Gewissen war schmutzig genug auch ohne diesen Flecken.«

Dabei beruhigte man sich. Friedrich war hin, verschwunden und – Johannes Niemand, der arme, unbeachtete Johannes, am gleichen Tage mit ihm.

Eine schöne, lange Zeit war verflossen, acht-und-zwanzig Jahre, fast die Hälfte eines Menschenlebens; der Gutsherr war sehr alt und grau geworden, sein gutmütiger Gehülfe Kapp längst begraben. Menschen, Tiere und Pflanzen waren entstanden, gereift, vergangen, nur Schloß B. sah immer gleich grau und vornehm auf die Hütten herab, die wie alte hektische Leute immer fallen zu wollen schienen und immer standen. Es war am Vorabende des Weihnachtfestes, den 24sten Dezember 1788. Tiefer Schnee lag in den Hohlwegen, wohl an zwölf Fuß hoch, und eine durchdringende Frostluft machte die Fensterscheiben in der geheizten Stube gefrieren. Mitternacht war nahe, dennoch flimmerten überall matte Lichtchen aus den Schneehügeln, und in jedem Hause lagen die Einwohner auf den Knien, um den Eintritt des heiligen Christfestes mit Gebet zu erwarten, wie dies in katholischen Ländern Sitte ist, oder wenigstens damals allgemein war. Da bewegte sich von der Breder Höhe herab eine Gestalt langsam gegen das Dorf; der Wanderer schien sehr matt oder krank; er stöhnte schwer und schleppte sich äußerst mühsam durch den Schnee.

An der Mitte des Hanges stand er still, lehnte sich auf seinen Krückenstab und starrte unverwandt auf die Lichtpunkte. Es war so still überall, so tot und kalt; man mußte an Irrlichter auf Kirchhöfen denken. Nun schlug es zwölf im Turm; der letzte Schlag verdröhnte langsam und im nächsten Hause erhob sich ein leiser Gesang, der, von Hause zu Hause schwellend, sich über das ganze Dorf zog:

Ein Kindelein so löbelich
Ist uns geboren heute,
Von einer Jungfrau säuberlich,
Des freu'n sich alle Leute;
Und wär das Kindelein nicht gebor'n,
So wären wir alle zusammen verlor'n:
Das Heil ist unser Aller.
O du mein liebster Jesu Christ,
Der du als Mensch geboren bist,
Erlös uns von der Hölle!

Der Mann am Hange war in die Knie gesunken und versuchte mit zitternder Stimme einzufallen; es ward nur ein lautes Schluchzen daraus, und schwere, heiße Tropfen fielen in den Schnee. Die zweite Strophe begann; er betete leise mit; dann die dritte und vierte. Das Lied war geendigt und die Lichter in den Häusern begannen sich zu bewegen. Da richtete der Mann sich mühselig auf und schlich langsam hinab in das Dorf. An mehreren Häusern keuchte er vorüber, dann stand er vor einem still und pochte leise an.

»Was ist denn das?« sagte drinnen eine Frauenstimme; »die Türe klappert und der Wind geht doch nicht.« – Er pochte stärker: »Um Gotteswillen, laßt einen halberfrorenen Menschen ein, der aus der türkischen Sklaverei kommt!« – Geflüster in der Küche. »Geht in's Wirtshaus,« antwortete eine andere Stimme, »das fünfte Haus von hier!« – »Um Gottes Barmherzigkeit willen, laßt mich ein! ich habe kein Geld.« – Nach einigem Zögern ward die Tür geöffnet und ein Mann leuchtete mit der Lampe hinaus. – »Kommt nur herein!« sagte er dann, »Ihr werdet uns den Hals nicht abschneiden.«

In der Küche befanden sich außer dem Manne eine Frau in den mittlern Jahren, eine alte Mutter und fünf Kinder. Alle drängten sich um den Eintretenden her und musterten ihn mit scheuer Neugier. Eine armselige Figur! mit schiefem Halse, gekrümmtem Rücken, die ganze Gestalt gebrochen und kraftlos; langes, schneeweißes Haar hing um sein Gesicht, das den verzogenen Ausdruck langen Leidens trug. Die Frau ging schweigend an den Herd und legte frisches Reisig zu. – »Ein Bett können wir Euch nicht geben,« sagte sie; »aber ich will hier eine gute Streu machen; Ihr müßt Euch schon so behelfen.« – »Gott's Lohn!« versetzte der Fremde; »ich bin's wohl schlechter gewohnt.« – Der Heimgekehrte ward als Johannes Niemand erkannt, und er selbst bestätigte, daß er derselbe sei, der einst mit Friedrich Mergel entflohen.

Das Dorf war am folgenden Tage voll von den Abenteuern des so lange Verschollenen. Jeder wollte den Mann aus der Türkei sehen, und man wunderte sich beinahe, daß er noch aussehe wie andere Menschen. Das junge Volk hatte zwar keine Erinnerungen von ihm, aber die Alten fanden seine Züge noch ganz wohl heraus, so erbärmlich entstellt er auch war. »Johannes, Johannes, was seid Ihr grau geworden!« sagte eine alte Frau. »Und woher habt Ihr den schiefen Hals?« – »Vom Holz- und Wassertragen in der Sklaverei,« versetzte er. – »Und was ist aus Mergel geworden? Ihr seid doch zusammen fortgelaufen?« – »Freilich wohl; aber ich weiß nicht, wo er ist, wir sind von einander gekommen. Wenn Ihr an ihn denkt, betet für ihn,« fügte er hinzu, »er wird es wohl nötig haben.«

Man fragte ihn, warum Friedrich sich denn aus dem Staube gemacht, da er den Juden doch nicht erschlagen? – »Nicht?« sagte Johannes und horchte gespannt auf, als man ihm erzählte, was der Gutsherr geflissentlich verbreitet hatte, um den Fleck von Mergels Namen zu löschen. »Also ganz umsonst,« sagte er nachdenkend, »ganz umsonst so viel ausgestanden!« Er seufzte tief und fragte nun seinerseits nach Manchem. Simon war lange tot, aber zuvor noch ganz verarmt, durch Prozesse und böse Schuldner, die er nicht gerichtlich belangen durfte, weil es, wie man sagte, zwischen ihnen keine reine Sache war. Er hatte zuletzt Bettelbrod gegessen und war in einem fremden Schuppen auf dem Stroh gestorben.

Margreth hatte länger gelebt, aber in völliger Geistesdumpfheit. Die Leute im Dorf waren es bald müde geworden, ihr beizustehen, da sie alles verkommen ließ, was man ihr gab, wie es denn die Art der Menschen ist, gerade die Hülflosesten zu verlassen, solche, bei denen der Beistand nicht nachhaltig wirkt und die der Hülfe immer gleich bedürftig bleiben. Dennoch hatte sie nicht eigentlich Not gelitten; die Gutsherrschaft sorgte sehr für sie, schickte ihr täglich das Essen und ließ ihr auch ärztliche Behandlung zukommen, als ihr kümmerlicher Zustand in völlige Abzehrung übergegangen war. In ihrem Hause wohnte jetzt der Sohn des ehemaligen Schweinehirten, der an jenem unglücklichen Abende Friedrichs Uhr so sehr bewundert hatte. – »Alles hin, Alles tot!« seufzte Johannes.

Am Abend, als es dunkel geworden war und der Mond schien, sah man ihn im Schnee auf dem Kirchhofe umherhumpeln; er betete bei keinem Grabe, ging auch an keines dicht hinan, aber auf einige schien er aus der Ferne starre Blicke zu heften. So fand ihn der Förster Brandis, der Sohn des Erschlagenen, den die Gutsherrschaft abgeschickt hatte, ihn in's Schloß zu holen.

Beim Eintritt in das Wohnzimmer sah er scheu umher, wie vom Licht geblendet, und dann auf den Baron, der sehr zusammengefallen in seinem Lehnstuhl saß, aber noch immer mit den hellen Augen und dem roten Käppchen auf dem Kopfe wie vor acht-und-zwanzig Jahren; neben ihm die gnädige Frau, auch alt, sehr alt geworden.

»Nun, Johannes,« sagte der Gutsherr, »erzähl mir einmal recht ordentlich von deinen Abenteuern. Aber,«

er musterte ihn durch die Brille, »du bist ja erbärmlich mitgenommen in der Türkei!« – Johannes begann: wie Mergel ihn Nachts von der Herde abgerufen und gesagt, er müsse mit ihm fort. – »Aber warum lief der dumme Junge denn? du weißt doch, daß er unschuldig war?« – Johannes sah vor sich nieder: »Ich weiß nicht recht, mich dünkt, es war wegen Holzgeschichten. Simon hatte so allerlei Geschäfte; mir sagte man nichts davon, aber ich glaube nicht, daß Alles war, wie es sein sollte.« – »Was hat denn Friedrich dir gesagt?« – »Nichts, als daß wir laufen müßten, sie wären hinter uns her. So liefen wir bis Heerse; da war es noch dunkel und wir versteckten uns hinter das große Kreuz am Kirchhofe, bis es etwas heller würde, weil wir uns vor den Steinbrüchen am Zellerfelde fürchteten; und wie wir eine Weile gesessen hatten, hörten wir mit einemmale über uns schnauben und stampfen und sahen lange Feuerstrahlen in der Luft gerade über dem Heerser Kirchturm. Wir sprangen auf und liefen, was wir konnten in Gottes Namen gerade aus, und wie es dämmerte, waren wir wirklich auf dem rechten Wege nach P.«

Johannes schien noch vor der Erinnerung zu schaudern, und der Gutsherr dachte an seinen seligen Kapp und dessen Abenteuer am Heerser Hange. – »Sonderbar!« lachte er, »so nah wart ihr einander! aber fahr fort.« – Johannes erzählte nun, wie sie glücklich durch P. und über die Grenze gekommen. Von da an hatten sie sich als wandernde Handwerksbursche durchgebettelt bis Freiburg im Breisgau. »Ich hatte meinen Brodsack bei mir,« sagte er, »und Friedrich ein Bündelchen; so glaubte man uns.« – In Freiburg hatten sie sich von den Österreichern anwerben lassen: ihn hatte man nicht gewollt, aber Friedrich bestand darauf. So kam er unter den Train. »Den Winter über blieben wir in Freiburg,« fuhr er fort, »und es ging uns ziemlich gut; mir auch, weil Friedrich mich oft erinnerte und mir half, wenn ich etwas verkehrt machte. Im Frühling mußten wir marschieren, nach Ungarn, und im Herbst ging der Krieg mit den Türken los. Ich kann nicht viel davon nachsagen, denn ich wurde gleich in der ersten Affaire gefangen und bin seitdem sechsund-zwanzig Jahre in der türkischen Sklaverei gewesen!« – »Gott im Himmel! das ist doch schrecklich!« sagte Frau von S. – »Schlimm genug; die Türken halten uns Christen nicht besser als Hunde; das Schlimmste war, daß meine Kräfte unter der harten Arbeit vergingen; ich ward auch älter und sollte noch immer tun wie vor Jahren.«

Er schwieg eine Weile. »Ja,« sagte er dann, »es ging über Menschenkräfte und Menschengeduld; ich hielt es auch nicht aus. – Von da kam ich auf ein holländisches Schiff.« – »Wie kamst du denn dahin?« fragte der Gutsherr. – »Sie fischten mich auf, aus dem Bosporus,« versetzte Johannes. Der Baron sah ihn befremdet an und hob den Finger warnend auf; aber Johannes erzählte weiter. Auf dem Schiffe war es ihm nicht viel besser gegangen. »Der Skorbut riß ein; wer nicht ganz elend war, mußte über Macht arbeiten, und das Schiffstau regierte eben so streng wie die türkische Peitsche. Endlich,« schloß er, »als wir nach Holland kamen, nach Amsterdam, ließ man mich frei, weil ich unbrauchbar war, und der Kaufmann, dem das Schiff gehörte, hatte auch Mitleiden mit mir und wollte mich zu seinem Pförtner machen. Aber – « er schüttelte den Kopf – » ich bettelte mich lieber durch bis hieher. « – » Das war dumm genug, « sagte der Gutsherr. – Johannes seufzte tief: » O Herr, ich habe mein Leben zwischen Türken und Ketzern zubringen müssen, soll ich nicht wenigstens auf einem katholischen Kirchhofe liegen? « Der Gutsherr hatte seine Börse gezogen: » Da, Johannes, nun geh und komm bald wieder. Du mußt mir das Alles noch ausführlicher erzählen; heute ging es etwas konfus durcheinander. Du bist wohl noch sehr müde? « – » Sehr müde, « versetzte Johannes; » und, « er deutete auf seine Stirn, » meine Gedanken sind zuweilen so kurios, ich kann nicht recht sagen, wie es so ist. « – » Ich weiß schon, « sagte der Baron, » von alter Zeit her. Jetzt geh. Hülsmeyers behalten dich wohl noch die Nacht über, morgen komm wieder. «

Herr von S. hatte das innigste Mitleiden mit dem armen Schelm; bis zum folgenden Tage war überlegt worden, wo man ihn einmieten könne; essen sollte er täglich im Schlosse, und für Kleidung fand sich auch wohl Rat. » Herr, « sagte Johannes, » ich kann auch noch wohl etwas tun; ich kann hölzerne Löffel machen, und Ihr könnt mich auch als Boten schicken. « Herr von S. schüttelte mitleidig den Kopf: » Das würde doch nicht sonderlich ausfallen. « – » O doch Herr, wenn ich erst im Gange bin – es geht nicht schnell, aber hin komme ich doch, und es wird mir auch nicht so sauer, wie man denken sollte. « – » Nun, « sagte der Baron zweifelnd, » willst du's versuchen? hier ist ein Brief nach P. Es hat keine sonderliche Eile. «

Am folgenden Tage bezog Johannes sein Kämmerchen bei einer Witwe im Dorfe. Er schnitzelte Löffel, aß auf dem Schlosse und machte Botengänge für den gnädigen Herrn. Im Ganzen ging's ihm leidlich; die Herrschaft war sehr gütig, und Herr von S. unterhielt sich oft lange mit ihm über die Türkei, den österreichischen Dienst und die See. – »Der Johannes könnte viel erzählen,« sagte er zu seiner Frau, »wenn er nicht so grundeinfältig wäre.« – »Mehr tiefsinnig als einfältig,« versetzte sie; »ich fürchte immer, er schnappt noch über.« – »Ei bewahre!« antwortete der Baron, »er war sein Lebenlang ein Simpel; simple Leute werden nie verrückt.«

Nach einiger Zeit blieb Johannes auf einem Botengange über Gebühr lange aus. Die gute Frau von S. war sehr besorgt um ihn und wollte schon Leute aussenden, als man ihn die Treppe heraufstelzen hörte. – »Du bist lange ausgeblieben, Johannes,« sagte sie; »ich dachte schon, du hättest dich im Brederholz verirrt.« – »Ich bin durch den Föhrengrund gegangen.« – »Das ist ja ein weiter Umweg; warum gingst du nicht durch's Brederholz?« – Er sah trübe zu ihr auf: »Die Leute sagten mir, der Wald sei gefällt, und jetzt seien so viele Kreuz- und Querwege darin, da fürchtete ich, nicht wieder hinauszukommen. Ich werde alt und duselig,« fügte er langsam hinzu. – »Sahst du wohl,« sagte Frau von S. nachher zu ihrem Manne, »wie wunderlich und quer er aus den Augen sah? Ich sage dir, Ernst, das nimmt noch ein schlimmes Ende.«

Indessen nahte der September heran. Die Felder waren leer, das Laub begann abzufallen und mancher Hektische fühlte die Schere an seinem Lebensfaden. Auch Johannes schien unter dem Einflusse des nahen Äquinoktiums zu leiden; die ihn in diesen Tagen sahen, sagen, er habe auffallend verstört ausgesehen und unaufhörlich leise mit sich selber geredet, was er auch sonst mitunter tat, aber selten. Endlich kam er eines Abends nicht nach Hause. Man dachte, die Herrschaft habe ihn verschickt, am zweiten auch nicht, am dritten Tage ward seine Hausfrau ängstlich. Sie ging in's Schloß und fragte nach. – »Gott bewahre,« sagte der Gutsherr, »ich weiß nichts von ihm; aber geschwind den Jäger gerufen und Försters Wilhelm! Wenn der armselige Krüppel,« setzte er bewegt hinzu, »auch nur in einen trockenen Graben gefallen ist, so kann er nicht wieder heraus. Wer weiß, ob er nicht gar eines von seinen schiefen Beinen gebrochen hat! – Nehmt die Hunde mit,« rief er den abziehenden Jägern nach, »und sucht vor Allem in den Gräben; seht in die Steinbrüche!« rief er lauter.

Die Jäger kehrten nach einigen Stunden heim; sie hatten keine Spur gefunden. Herr von S. war in großer Unruhe: »Wenn ich mir denke, daß einer so liegen muß wie ein Stein, und kann sich nicht helfen! Aber er kann noch leben; drei Tage hält's ein Mensch wohl ohne Nahrung aus.« – Er machte sich selbst auf den Weg; in allen Häusern wurde nachgefragt, überall in die Hörner geblasen, gerufen, die Hunde zum Suchen angehetzt – umsonst! – Ein Kind hatte ihn gesehen, wie er am Rande des Brederholzes saß und an einem Löffel schnitzelte; »er schnitt ihn aber ganz entzwei,« sagte das kleine Mädchen. Das war vor zwei Tagen gewesen. Nachmittags fand sich wieder eine Spur: abermals ein Kind, das ihn an der andern Seite des Waldes bemerkt hatte, wo er im Gebüsch gesessen, das Gesicht auf den Knien, als ob er schliefe.

Das war noch am vorigen Tage. Es schien, er hatte sich immer um das Brederholz herumgetrieben.

»Wenn nur das verdammte Buschwerk nicht so dicht wäre! da kann keine Seele hindurch,« sagte der Gutsherr. Man trieb die Hunde in den jungen Schlag; man blies und hallote und kehrte endlich mißvergnügt heim, als man sich überzeugt, daß die Tiere den ganzen Wald abgesucht hatten. – »Laßt nicht nach! laßt nicht nach!« bat Frau von S.; »besser ein paar Schritte umsonst, als daß etwas versäumt wird.« – Der Baron war fast ebenso beängstigt wie sie. Seine Unruhe trieb ihn sogar nach Johannes Wohnung, obwohl er sicher war, ihn dort nicht zu finden. Er ließ sich die Kammer des Verschollenen aufschließen. Da stand sein Bett noch ungemacht, wie er es verlassen hatte; dort hing sein guter Rock, den ihm die gnädige Frau aus dem alten Jagdkleide des Herrn hatte machen lassen; auf dem Tische ein Napf, sechs neue hölzerne Löffel und eine Schachtel. Der Gutsherr öffnete sie; fünf Groschen lagen darin, sauber in Papier gewickelt, und vier silberne Westenknöpfe; der Gutsherr betrachtete sie aufmerksam. »Ein Andenken von Mergel,« murmelte er und trat hinaus, denn ihm ward ganz beengt in dem dumpfen, engen Kämmerchen. Die Nachsuchungen wurden fortgesetzt, bis man sich überzeugt hatte, Johannes sei nicht mehr in der Gegend, wenigstens nicht lebendig. So war er denn zum zweitenmal verschwunden; ob man ihn wiederfinden würde – vielleicht einmal nach Jahren seine Knochen in einem trockenen Graben? ihn lebend wieder zu sehen, dazu war wenig Hoffnung, und jedenfalls nach acht-und-zwanzig Jahren gewiß nicht.

Vierzehn Tage später kehrte der junge Brandis Morgens von einer Besichtigung seines Reviers durch das Brederholz heim. Es war ein für die Jahreszeit ungewöhnlich heißer Tag; die Luft zitterte, kein Vogel sang, nur die Raben krächzten langweilig aus den Ästen und hielten ihre offenen Schnäbel der Luft entgegen. Brandis war sehr ermüdet. Bald nahm er seine von der Sonne durchglühte Kappe ab, bald setzte er sie wieder auf. Es war Alles gleich unerträglich, das Arbeiten durch den kniehohen Schlag sehr beschwerlich. Rings umher kein Baum außer der Judenbuche. Dahin strebte er denn auch aus allen Kräften und ließ sich todmatt auf das beschattete Moos darunter nieder. Die Kühle zog so angenehm durch seine Glieder, daß er die Augen schloß. »Schändliche Pilze!« murmelte er halb im Schlaf. Es gibt nämlich in jener Gegend eine Art sehr saftiger Pilze, die nur ein paar Tage stehen, dann einfallen und einen unerträglichen Geruch verbreiten. Brandis glaubte solche unangenehmen Nachbarn zu spüren, er wandte sich ein paarmal hin und her, mochte aber doch nicht aufstehen; sein Hund sprang unterdessen umher, kratzte am Stamm der Buche und bellte hinauf. – »Was hast du da, Bello? eine Katze?« murmelte Brandis. Er öffnete die Wimper halb und die Judenschrift fiel ihm in's Auge, sehr ausgewachsen, aber doch noch ganz kenntlich. Er schloß die Augen wieder; der Hund fuhr fort zu bellen und legte endlich seinem Herrn die kalte Schnauze an's Gesicht. – »Laß mich in Ruh! was hast du denn?« Hiebei sah Brandis, wie er so auf dem Rücken lag, in die Höhe, sprang dann mit einem Satze auf und wie besessen in's Gestrüpp hinein. Totenbleich kam er auf dem Schlosse an: in der Judenbuche hänge ein Mensch; er habe die Beine gerade über seinem Gesicht hängen sehen. – »Und du hast ihn nicht abgeschnitten, Esel?« rief der Baron. – »Herr,« keuchte Brandis, »wenn Ew. Gnaden da gewesen wären, so wüßten Sie wohl, daß der Mensch nicht mehr lebt. Ich glaubte Anfangs, es seien die Pilze.« Dennoch trieb der Gutsherr zur größten Eile und zog selbst mit hinaus.

Sie waren unter der Buche angelangt. »Ich sehe nichts,« sagte Herr von S. – »Hierher müssen Sie treten, hierher, an diese Stelle!« – Wirklich, dem war so: der Gutsherr erkannte seine eigenen abgetragenen Schuhe. – »Gott, es ist Johannes! – Setzt die Leiter an! – so – nun herunter! – sacht, sacht! laßt ihn nicht fallen! – Lieber Himmel, die Würmer sind schon daran! Macht dennoch die Schlinge auf und die Halsbinde.« – Eine breite Narbe ward sichtbar; der Gutsherr fuhr zurück. – »Mein Gott!« sagte er; er beugte sich wieder über die Leiche, betrachtete die Narbe mit großer Aufmerksamkeit und schwieg eine Weile in tiefer Erschütterung. Dann wandte er sich zu den Förstern: »Es ist nicht recht, daß der Unschuldige für den Schuldigen leide; sagt es nur allen Leuten: der da« – er deutete auf den Toten – »war Friedrich Mergel.« – Die Leiche ward auf dem Schindanger verscharrt.

Dies hat sich nach allen Hauptumständen wirklich so begeben im September des Jahrs 1788. – Die hebräische Schrift an dem Baume heißt:

»Wenn du dich diesem Orte nahest, so wird es dir ergehen, wie du mir getan hast.« –

# Geschichte eines Algierer-Sklaven[1]

*Von A. Freiherrn Haxthausen*

1 Die hier niedergeschriebene Geschichte ist wörtlich wahr; viele hundert Leute in der Gegend, wo der Unglückliche lebte, können das bezeugen.

Der Bauernvogt von *Ovenhausen* hatte im Herbst 1782 einen Knecht *Hermann Winkelhannes*, mit dem er, weil es ein tüchtiger frischer Bursche, wohl zufrieden war. Dieser hatte bei dem Schutzjuden *Pinnes* in *Vörden* Tuch zum Foerhemd (Camisol) ausgenommen, und als er wohl schon einige Zeit damit umhergegangen und der Jude ihn nun an die Bezahlung mahnt, so läugnet er, verdrießlich, das schon etwas abgetragene, und auch nicht einmal gut ausgefallene Tuch noch theuer bezahlen zu müssen, jenem keck ab, so hoch mit ihm übereingekommen zu seyn, vielmehr habe er die Elle zwei gute Groschen wohlfeiler accordirt, und nach manchem Hin- und Herreden sagt er zulezt: »du verflogte Schinnerteven von Jauden, du wust mi man bedreigen, eh ek di den halven Daler in den Rachen smite, well ek mi leiver den kleinen Finger med den Tännen afbiten, un wann de mi noch mal kümmst, so schla ik di de Jacken so vull, dat du de Dage dines Levens an mi gedenken sast.« Dem Juden bleibt also nichts anders übrig, als ihn beim H..schen Gericht, der Gutsherrschaft *Hermanns*, zu verklagen. In der Zwischenzeit bis zum Gerichtstag hat sich dieser mit mehreren besprochen, und ist ihm von den Bauern, da es gegen einen Juden ging, gerathen worden, es darauf ankommen zu lassen; wie denn sein eigener Brodherr sich später ein Gewissen daraus gemacht hat, daß er ihm damals gesagt habe: »Ei wat wust du denn dat bethalen, eck schlöge ja leiver den Jauden vörm Kopp, dat hei den Himmel vor'n Dudelsack anseihe, et is ja man 'n Jaude!«

Aber am Morgen des Gerichtstages beschwor der Jude sein Annotirbuch, und da er außerdem unbescholten war, ward ihm der volle Preiß zugesprochen; da wollen Leute, die die Treppe herauf gingen, als Hermann von der Gerichtsstube herunter kam, gehört haben, daß er gesagt: »Töf, ek will di kalt maken!« von welchen Worten ihnen das Verständniß erst nach dem Morde geworden.

Es war Abend geworden, als der Förster *Schmidts* quer übers Feld auf's Dorf zugehend, den Hermann an der Rikke herauf nach dem Heilgen Geist Holz zugehen sieht, und, glaubend jener wolle noch spät Holz stehlen, ihm behutsam auf dem Fuß nachfolgt. Als er ihn aber nur einen Knüppel sich abschneiden sieht, und die Zackäste davon abschlagen, so sagt er halb ärgerlich bei sich: »I wenn du wieder nix wult häddest, ase dat, so häddest du mi auk nich bruken dahenup to jagen«; und die Flinte, die er auf den schlimmsten Fall zu schneller Bereitschaft unter den Arm genommen, wieder auf die Schulter hokkend, geht er langsam die Schlucht herunter nach dem Dorf zu. Nahe davor zwischen den Gärten begegnet ihm der Jude Pinnes und bittet für seine Pfeife um etwas Feuer, welches man auch keinem Juden abschlagen darf, und weil der Zunder nicht gleich fangen will, so reden sie vom Handel, und ob der Jud seine Fuchsfelle haben wolle, der aber: er könne jetzt nicht wieder umkehren und sie besehen, er müsse nach Hause; »ja«, sagte der Förster ihm das Feuer auf die Pfeife legend, »wenn du noch na Huse wust, so mak dat du vor der Dunkelheit dörch 't Holt kümmst, de Nacht meint et nich gut med den Minschen.«

Zwei Tage drauf des Nachmittags kommt die Frau des Schutzjuden Pinnes den Höxterschen Weg herunter ins Dorf, schreiend und heulend: ihr Mann läge oben erschlagen im Heilgen Geist Holze; und während die Leute zusammenstehn und es besprechen und einige den Weg heraufgehen, dem Holze zu, giebt sie es bei dem Gerichte an, und erzählt unter Schluchzen, als vorgestern ihr Mann nicht gekommen, gestern nicht, und auch heute Morgen nicht, habe sie sich aufgemacht, um hier im Dorf zu fragen welchen Weg er genommen, und als sie durchs Holz gekommen, sei auf einem Fleck viel Blut gelegen, und eine Spur davon habe ins nahe Gebüsch gewiesen, da sei sie neugierig gefolgt, meinend ein todwundes Wild sei da vielleicht hineingekrochen, da sei es ein Mensch gewesen, und ihr Mann, und todt!

Man bringt ihn auf einer Tragbahre ins Dorf. Er hatte siebzehn sichtbare Schläge mit einem Knüppel erhalten, aber keiner von sechsen, auf den Hirnschädel gefallenen, hatte diesen zersprengt, ohngeachtet sie so vollwichtig gewesen, daß die Haut jedesmal abgequetscht war. Nur einer ins Genick und ein Paar in die Rippen waren ihm tödtlich geworden. Die Haut in beiden Händen war abgeschält; (er hatte, wie sich später erwieß, mehrmals krampfhaft den zackichten Prügel ergriffen, der Mörder ihm aber denselben mit aller Gewalt durch die Hände gerissen daß die Haut daran geblieben).

Der Förster Schmidts war mit unter denen gewesen, die hinauf gegangen, und fand kaum 100 Schritt vor der Leiche auf dem Wege nach Ovenhausen rechts am Graben den blutigen Knüppel der seine Gedanken auf Hermann leitete; dann kam beim Gericht die Erinnerung an den Prozeß, und bald die Aussage jener die gehört, daß Hermann unten an der Treppe gesagt: ek will di kalt maken.

Da gab das Gericht Befehl ihn zu arretiren, und weil man hörte, er sei seit ein paar Tagen nicht mehr beim Voigt in Ovenhausen, sondern bei seinem Vater in Bellersen, so setzte sich der Drost Freiherr H..n selbst mit einem Reitknechte zu Pferde, und ritt von der einen Seite ins Dorf, während von der andern Seite die Gerichtsdiener auf das Haus des alten Winkelhannes zukamen. Der aber erzählte, als man niemanden fand, sein Sohn sei schon seit voriger Nacht fort, er wisse nicht wohin. Das war aber unwahr, denn Hermann erzählte später selbst: er habe die Gerichtsdiener aufs Haus zukommen sehen, da sei er durchs Fenster in den Garten gesprungen und habe sich in die Vicebohnen versteckt, und habe das Suchen alles gehört, wie es dann still geworden, dann ein Paar am Gartenzaun sich begegnet, und der eine gesagt: da häwwet se en! worauf der andere: ach wat willt se'n häwwen, de is längest öwer alle Berge! wo sull he denn wal hen lopen sin? Ach wat weit eck, na Ueßen, na Prüßen, na Duderstat hen!

Der Jude lag indeß auf der Todtenbahre und seine Wunden öffneten sich nicht mehr, um bei Vorführung des Mörders zu bluten. Da kamen die Verwandten und Glaubensgenossen, ihn zum ehrlichen Begräbniß abzuholen, und während der Rabbiner ihn in den Sarg legen und auf den Wagen laden läßt, stehen der Bruder und ein paar andre Juden beim Drosten H..n und bitten ihn nach einiger Einleitung, »se hatten 'ne grause Bitte an er Gnoden.« – Nun und worin besteht die? wendete der Drost ein. »Er Gnoden müssen's uns aber nich vor übel nehmen, da is der Baum wo unser Bruder bei erschlagen, da wöllten mer se bitten, ob se uns erlauben wollten in den Baum unsre Zeichen 'nein zu schneiden, wir wollens gerne bezohlen, fordern er Gnoden nur was se da vor haben wollen«. – »O das thut in Gottesnahmen so viel ihr nur wollt!« – »Nu mer wollen allen Schaden ersetzen, verkaufen se uns den Baum«. – »Ach was, schreibt daran was ihr Lust habt, das thut dem Baum weiter nichts. Aber was wollt ihr denn drein schneiden, dürft ihr das nicht sagen?« frägt der Drost zurück. »Ach wenn er Gnoden es nich vor übel nehmen wollten, da ist unser Rabbiner der soll da unsere Hebräischen Zeichen nein schneiden, daß der Mörder, den unser Gott finden werd, keines rechten Daudes sterben soll.«

Nach fast 6 Jahren, im Frühjahr 1788, wird dem Fürstbischof von Paderborn, während gerade in der Zeit des Landtags Mehrere von der Ritterschaft, worunter auch der Drost H..n, bei ihm an der Mittagstafel sitzen, ein Brief gebracht, welchen er, nachdem er ihn gelesen, dem Drosten giebt, »das betreffe jemand aus einem seiner Dörfer und wie sich das verhalte, ob man etwas dafür thun solle?« Der Drost, nach aufmerksamer Lesung, giebt ihn dem Fürsten zurück: »Er überlasse das der Einsicht ihrer Fürstlichen Gnaden, der Mensch sei übrigens im stärksten Verdacht eines begangenen Mordes, und man würde ihn dort nur befreien, um ihn hier den Händen der Gerechtigkeit zu überliefern«. –

Der Brief aber lautet wörtlich so:

Ihro Hochfürstlich Gnaden durchleichtigster Printz.

Mein allergnädigster Herr herr etc.

Ich armer bitte Unterthänigst. zu vergeben daß ich mein Schreiben. an ihro durchleichtigsten Printzen Ergehen laße. in deme ich nach Gott Einzig und allein meine Zuflucht zu ihro Gnaden meinen allergnädigsten Landesherren suche, hoffe meine Bitte erhöret zu werden.

Ich Johannes Winkelhannes von den Paderpormschen auß Pelersen deß fürstenthum von Neuhaus gebürtig, von der Dioces Churfürstenthum Cöllen. Mein Vatter hermanns und meine Muetter Maria Elisabetta Abgentz, deßen Ehlich Erzeigte Sohn stunde in spanischen Dienste untter dem löbl. Regiment Provante geriethe Sclavische Gefangenschaft worinnen ich schon über zwei Jahre lang in diesem so erbermlichen Leben bin, Wenn man sollte sprechen das Ellend der Christen unde wie sie von diessen Barbaren dractieret werden, ist mir unmöglich zu schreiben, und die teglichen Nahrung bei so schwerer Arbeit miserable Kleidung sollte ein steinernes Herze zum Mitleiden bewegen. Doch meiner seits Gott sei Dank habe ich einen guetten Patron bekhomen, welcher der erste Minister nach dem Bei ist, und wird Casnätzi genannt, wo ich an Unterhalt undt Kleidung keinen Mangel leidte doch in bedenkung ein Sklave den Christenthum Entzogen, und meiner Schuldigkeit als ein Christ nit nachkommen kann. Keinen Trost. Undt zuflucht bei keinem Menschen mich dieses Jemerlichen Standes zu entziehen, so setze ich nun mein Vertrauen und Zuflucht zu ihro hochfürstliche gnaden Kniefehlich mit bitteren

Thränen bittend durch das bittere Leidten und Sterben Jesu Christi sich meine zu erbarmen, mich dieses Ellenden Sclaven-Stande Loß zu machen und mir wiederum in mein liebes Vatterlandt zu verhelfen es ist in Wahrheit es ist Villes Gelt nachendt bei Dreihundert Ducaten, doch wird solches Gott der Allmechtige solches an ihrer hoch fürstlichen Gnaden reichlich vergelten bittend anbey dieses mein Schreiben an meine libe Eltern und befreunde wissen zu thun, so sie annoch bei Leben seyen mochten laße sie ebenfalls freundlich grüssen und bitten, sie mochten ebenfalls bei ihro hochfürstlichen Landesherren vor mich bitten und in ihren Gebett bei Gott vor meine Guet Detter und Erlöser dieses Elendes ingedenk sein. Schliesse mit bitteren Thränen und verharre an ihro Hchfürstliche Gnaden

Ein aller unterthänigster Unterthan
und Diener
Johannes Winkelhannes Sclav de Minister
Casnaczi in Algier.

So ein Schreiben an mich überschickt werden sollte, ist solches an Monsieur Walther Consul de Schvede zu attressiren und muß solches bis nach Marseilo frangierent werden.

Signt. Algier in Barbaria
den 8ten November an. 1787.

Im April 1807 wird dem Drosten H..n in dem Augenblick, als er auf der Haustreppe steht, um in den Wagen zu steigen, der ihn nach Paderborn bringen soll, von dem Felddiener und Gerichtsboten *Malchus* die Anzeige gemacht: in Bellersen sei vor einigen Tagen der Hermann Winkelhannes, der seit 25 Jahren verschollen, und damals des Mordes beschuldigt, eingetroffen, ob man da vielleicht von Gerichtswegen ihn arretiren oder sonst verfahren solle. Worauf der Drost in den Gedanken der Abreise durch plötzliche Verwunderung über die seltsame Nachricht gestört, und die Schwere der Worte nicht gleich erwägend, zum Gerichtsdiener gesagt: allerdings, er müße gleich arretirt werden; aber eingestiegen und kaum vom Hof gefahren läßt er halten, und ruft den Gerichtsdiener an den Kutschenschlag, ihm befehlend: er solle noch mit der ganzen Sache ruhen, und schweigen, er wolle erst in Paderborn anfragen, die Sache sei so lange her, die Zeugen meist todt oder fort, die ganze Untersuchung also schwer und unklar, auch schon längst Gras darüber gewachsen.

Dort angekommen geht er nach dem noch von Preußischer Seite angestellten Regierungspräsidenten *von Coninx*, und frägt ihn um Rath, der aber sagt gleich, er möge den Hermann W. ganz ungekränkt lassen, 24jährige Sklaverei wäre nach dem Gesetze dem Tode gleich gesetzt. Und so fährt er wieder nach Haus und läßt dem Hermann W. sagen, daß er ganz frei und unbestraft leben dürfe, und er möge bei Gelegenheit einmal zu ihm kommen.

Da meldet einen Nachmittag, als die Familie beim Kaffee sitzt, der Bediente: der Algierer sei da und wolle gern den gnädigen Herrn sprechen. Auf den Befehl, er solle ihn nur herein weisen, tritt ein kleiner krüpplicht bucklichter Kerl herein, ganz kümmerlich aussehend, der auf die Frage, ob er der Hermann Winkelhanns sey und wie es ihm ergangen, dieß erst nach mehrmaliger Wiederholung versteht, und dann in einer Sprache antwortet, deren Zusammenhang wieder niemand im Zimmer versteht, und die ein Gemisch scheint von wenig Deutsch und Holländisch, mehr Französisch und Italiänisch und Türkisch, wie sie die Sclaven in der Barbarei unter einander sprechen.

Erst nach mehreren Monaten, als er unter seinen Verwandten wieder gebrochen Deutsch gelernt und mehrmals und oft wieder gekommen, hat er sich dem Drosten ganz verständlich machen können, der ihm nach und nach seine Geschichte abgefragt.

Da hat ihn einsmals auch der Drost gefragt: »nu seg mal Hermen, du brukst ja jetz doch nix mer to förchten, wi is dat kumen med den Jauden dat du den vor de Blesse schlahen hest?« »Ach dat well ek er Gnaden seggen, ek wull' en nich daut schlahen, sunnern men düet dörchprügeln, wi ek en averst sau an den Kragen fatte da ritt he sik loß, un gav mi einen med sinen dören Stock, dei mi höllisch wei deihe, da schlog ek en in der Bosheit med minen Knüppel glik övern Kopp dat he flugs tosammen stört asse 'n Taskenmest. Da dacht ek: nu is et doch verbi, nu sust 'n auck ganz daut schlahen.«

Wie er ihn nun todt vor sich liegen gesehen, da wäre die Angst über ihn gekommen, und wäre nicht wieder zu seinem Herrn nach Ovenhausen gegangen sondern nach Hause, und da sein Vater darüber verwundert, habe er ihm gesagt er hätte Streit mit seinem Brodherrn bekommen und sei aus dem Dienst gegangen. Da sei denn aber auf einmal die Nachricht von dem Morde gekommen, und sein Vater um jenen Prozeß wissend habe ihn scharf angesehen: »Hermen Hermen med di is et nich richtig, du hest wat up de Seele, give Gott dat et nich Unglück un Schanne is.« Nun hätte er am Mittag in der Hausthür gestanden, als er die Gerichtsdiener von der einen Seite und den gnädigen Herrn von der andern im Dorf herauf kommen gesehen. Da hätte er wohl gemerkt daß es auf ihn abgesehen, und sei in die Stube gesprungen und hätte seinem Vater gesagt; er solle ihn nicht verrathen; und da der Gerichtsdiener schon vor dem Hause, sei er zum Fenster hinaus in den Garten in die Vicebohnen gesprungen.

Da hätte er denn hören können wie sie nach ihm gefragt, und sei in der größten Angst gewesen weil das Fenster noch offen, und wenn sie da recht zugesehen so würden sie die Fußtapfen im umgegrabenen Lande haben sehen können, wo er heraus gesprungen, bis in die Vicebohnen, einmahl habe der gnädige Herr zum Fenster heraus gesehen, da habe er in höchster Angst das Gelübde gethan, baarfuß nach Werl zu wallfahrten wenn ihn niemand sähe. Da hätte ihn die Mutter Gottes erhört und ihn niemand entdeckt, als es aber Nacht geworden da sei er leise über den Zaun gestiegen und queer durch den Garten zum Dorf hinaus. Auf der Höhe nach dem kleinen Kiel zu habe er sich noch einmal umgesehen, da hätte er die Lichter im Dorfe gesehen und die Hunde hätten gebellt, damahls habe er gemeint er kriegt es nun wohl sein Lebtage nicht wieder zu sehen. Und er hätte Schuh und Strümpfe ausgezogen, und wäre, den Rosenkranz betend, über die Hölzer ins Lippische hinein gegangen, und den zweiten Abend sei er in Werl angelangt. Ganz früh am andern Morgen habe er gebeichtet und communicirt, und er habe noch einen halben Gulden gehabt, den habe er der Mutter Gottes als Opferpfennig gegeben, da sei ihm ganz frisch zu Sinne geworden, und wie er aus der Kirche getreten, da sei die Sonne eben durch die Bäume aufgegangen, die auf dem Kirchhof stehen, und die Schatten davon wären alle nach Holland gelaufen, da hätte er gedacht: ich muß auch wohl dahin, und wäre munter zugeschritten.

In Holland half er sich bis zum Frühjahr mit Taglohn durch, dann ließ er sich zum Matrosen anwerben, worauf er nach einigen Reisen in Englische Häfen, nach Genua kam und sich dort während einer Ruhe von mehreren Monaten, durch höheren Lohn gereizt, auf einen Genuesischen Kauffahrer dingen ließ, der in die Levante schiffte, obgleich seine holländischen Cammeraden eifrig abriethen, ihm die Gefahr, von Piraten gefaßt zu werden, vorstellend. Es ging auch glücklich das erstemal, da ließ er seinen Contract noch einmal verlängern; als er aber das drittemal dieselbe Reise machte, ward das Schiff im Sicilischen Meer von Seeräubern genommen, und in den Hafen von Algier gebracht.

Auf dem Sklavenmarkt kaufte ihn der Vezir des Dei, ein Renegat, mit Namen Casnatzi, und da er ein wackerer tüchtiger Bursch war, hatte er es gut bei ihm, ja er machte ihn, da er etwas schreiben und ein wenig Italienisch und Französisch konnte, zu seinem Haushofmeister. Aus dieser Zeit rührt jener Brief her, den er an den Fürstbischof geschrieben. Aber die Herrlichkeit dauerte nicht lang; der Vezir fiel plötzlich in Ungnade und ward strangulirt, sein Vermögen verfiel dem Dei, und seine Sklaven wurden öffentliche Sklaven. Da fing sein eigentliches Elend an, und dauerte 17 Jahre hindurch bis zu seiner Befreiung. Die Sklaven mußten große Steine auf Schleifen aus dem Lande nach dem Molo ziehen, oft 20 vor einen Stein gekuppelt, in schärfster Hitze durch den glühenden Sand, und dazu nichts als 1 Pfund Brod, und ein kleines Maaß mit Oehl und Weinessig. Dabei hätten die Aufseher auch nicht gespaßt und wie einer niedergesunken aus Mattigkeit, hätten sie darauf geschlagen bis er wieder munter. Da sei einmal eines Tags, als einer der Aufseher grad frisch darauf geschlagen, ein Derwisch in der Ferne vorüber gegangen; der wäre, es ansehend, still gestanden, und ihn zu sich winkend, hätten sie an den Geberden gesehen, daß er ihm ins Herz geredet, oft mit der Hand nach dem Himmel zeigend, da hätte der Aufseher die Erde geküßt und dem Derwisch die Hand, und als er wieder zu ihnen gekommen, sei er ganz verändert gewesen, und 2 Wochen ganz mild. Alle Jahr ein paarmal wäre der Dei auf einem Spazierritt bei ihnen vorbei gekommen, und wie sie ihn auf ihren Knieen um Gnade gebeten, habe er eine Hand voll Zechinen ausgeworfen welche sie gesammelt und dem Schwedischen Consul gebracht hätten. Der hätte sie dann insgesammt an gewissen Tagen losgekauft, und ihnen einmal satt und gut zu essen gegeben.

Ein Paar Jahre hielt der kräftige Körper Hermanns dieß Leben aus, als er aber einstmals einen Sack mit vielen Brodten tragend darunter niedergestürzt ist, dergestalt daß er mehrere Knochen im Rücken gebrochen, haben sie ihn in ein Loch geworfen da er dann so lang gelegen bis er heil gewesen, und weil er nicht verbunden, so ist er ganz krumm in einander gewachsen.

Doch hätte sie das Volk mit einigem Mitleiden betrachtet, ja als die Revolution gegen die Juden ausgebrochen und diese mit dem sie begünstigenden Dei alle ermordet wurden, hätten sie gedacht die Reihe würde nun an sie kommen und viele von ihnen hätten es wohl gewünscht, aber sie wären unberührt unter der wogenden Menge umher gegangen.

Oft hatte ihn, als er noch bei dem Vezir gewesen, dieser bereden wollen auch Renegat zu werden und ihm dann groß Glück und Ehre versprochen, er hat aber nicht gewollt.

Endlich als 1806 Hieronymus Bonaparte den Dei gezwungen die Christen-Sklaven frei zu geben, ist auch Hermann befreit worden, und an der italienischen Küste ausgesetzt, mit 8 Kronen beschenkt, ist er nach seiner Heimath gewandert.

*Das* war der Inhalt seiner Erzählung, die der Drost so nach und nach ihm abfrug. Zu Hause ging es ihm aber traurig, sein Bruder sah ihn nur ungern, arbeiten konnte er nur wenig, dabei klagte er über unausstehliche Kälte.

Während der Curzeit ging er oft nach dem Driburger Brunnen, bettelnd und wer sie hören wollte, seine Geschichte erzählend.

Im Spätherbst kam er noch einmal zu dem Drost H..n, und auf dessen Frage, da er nach erhaltenem Almosen noch stehen bleibt, »ob er noch was besonders wolle?« klagt er erst nochmals seine Noth und bittet zuletzt flehentlich ob ihn der Drost nicht könne ganz zu sich nehmen, er wolle ja gern all die kleine Arbeit eines Hausknechts thun; das schlug dieser ihm aber rund ab, aus dem unangenehmen Gefühl einen vorsetzlichen Mörder unter dem Dache zu haben.

Als zwei Tage darauf der Domherr Carl H..n früh auf die Jagd ging, kommt er über die Stoppeln an dem Pflüger Kerkhoff aus Bellersen vorbei, der ihm erzählt, sie hätten vor einer Stunde den Algierer im Kiel an einem Baum hangen gefunden. Da hat der Drost die Gemeindevorsteher zu sich kommen lassen und sie gebeten, dem Menschen, über dem ein ungeheueres Unglück am Himmel gestanden, nun auch ein ehrliches Begräbniß zu geben, und ihn nicht wie sonst Selbstmördern geschieht in der Dachtraufe oder hinter der Kirchhofs-Mauer einzuscharren, welches sie auch versprochen und gehalten haben.

Erst nach 8 Tagen führten die einzelnen Fäden über seine letzte Geschichte und seinen Tod zu einem Knoten, der wie sein Schicksal selbst, das ihn überall an den unsichtbaren Fäden hielt, in seinem Tod gelößt ward.

Spät Abends an dem Tage als er von dem Droste jene abschlägige Antwort erhalten, pocht er in Holzhausen, 2 Stunden weiter, heftig an die Thüre des ersten Hauses am Wege rechts, und als ihm aufgemacht und er gefragt wird, was er wolle, stürzt er leichenblaß und in furchtbarer Angst ins Haus, und bittet um Gottes und aller Heiligen Willen, ihn die Nacht bei sich zu behalten; und auf die Frage, was ihm denn in aller Welt wiederfahren, erzählt er, wie er übers Holz gekommen habe ihn eine große lange Frau eingeholt und ihn gezwungen ein schweres Bund Dörner zu tragen und ihn angetrieben wenn er still gestanden, da hätten sich die Dörner ihm alle ins Fleisch gedrückt, und er hätte an zu laufen gefangen, und sei so keuchend in großer Angst vor's Dorf gekommen, da sei die Frau fort gewesen, und sie möchten ihn nur die Nacht behalten, er wolle den andern Tag wieder nach Hause. Früh fortgegangen, ist er gegen Mittag auf die Glaserhütte zur Emde gekommen, wo er oft Almosen erhalten, und hat um ein Glas Branntewein gebeten, und als er getrunken, um noch eins, da ist ihm auch das dritte gegeben worden, worauf er gesagt, nun wolle er nach Hause. Wie er aber an den Kiel gekommen, nicht weit von der Stelle, wo er vor 24 Jahren die Schuhe zur Wallfahrt ausgezogen, da hat er eine Leine von einem nahen Pflug genommen, und sich damit an einen Baum gehenkt und zwar so niedrig, daß er mit den Füßen das Herbstlaub unter sich weggescharret hat.

Als ihm einst der Drost die Geschichte mit dem Baum und den Zeichen die die Juden darein geschnitten erzählt, und wie sie bedeuteten, daß er keines rechten Todes sterben solle, hat er geantwortet: O dat sull ek doch nich denken, ek häwwe doch so lange davör Buße daen un häwwe vaste an minen Gloven halen, asse se meck överreen wullen, en abtoschwören.

So hat der Mensch 17 Jahre ungebeugt und ohne Verzweifelung die härteste Sklaverei des Leibes und Geistes ertragen, aber die Freiheit und volle Straflosigkeit hat er nicht ertragen dürfen. Er mußte sein Schicksal erfüllen, und weil Blut für Blut, Leben für Leben eingesetzt ist, ihn aber menschliches Gesetz nicht mehr erreichte, hat er, nachdem er lange Jahre fern umher geschweift, wieder durch des Geschicks geheimnißvolle Gewalt zu dem Kreis, Ort und Boden des Verbrechens zurückgebannt, dort *sich selbst* Gerechtigkeit geübt.

Zwei Jahre nach seinem Tode ist jener Baum, worein die Juden ihre dunklen Zeichen geschnitten, umgehauen worden. Die Rinde aber hatte diese in den langen Jahren herausgewachsen, daß man ihre Form und Gestaltung nicht mehr erkennen konnte.

S. 79 *»du verflogte Schinnerteven [. . .] mi gedenken sast.«:* »Du verfluchter Schinderhund von einem Juden, du willst mich ja nur betrügen. Eh ich dir den halben Taler in den Rachen schmeiße, will ich mir lieber den kleinen Finger mit den Zähnen abbeißen, und wenn du mir noch mal kommst, so hau ich dir die Jacke so voll, daß du dein Lebtag an mich denken sollst.«

79 *»Ei wat wust [. . .] man 'n Jaude!«:* »Ei, warum willst du denn das bezahlen. Ich schlüge ja lieber den Juden vor den Kopf, daß er den Himmel für einen Dudelsack ansähe, es ist doch nur ein Jude!«

80 *Annotirbuch:* Die Juden waren verpflichtet, in ein Geschäftsbuch Einnahmen, Ausgaben und Datum einzutragen. Die Niederschrift der Ausstände hatte als Schuldschein Geltung.

80 *Töf, ek will di kalt maken!«:* »Wart nur, ich will dich kaltmachen!«

80 *Rikke:* Zaun, Hecke

80 *»I wenn du [. . .] dahenup to jagen«:* »Ach, wenn du weiter nichts gewollt hast als das, so hättest du mich auch nicht hier heraufzujagen brauchen.«

80 *»wenn du noch [. . .] med den Minschen«:* »Wenn du noch nach Hause willst, so mach, daß du vor der Dunkelheit durch das Holz [den Wald] kommst. Die Nacht meint es nicht gut mit den Menschen.«

82 *Vicebohnen:* Stangenbohnen

82 *da häwwet se [. . .] na Duderstat hen!:* »›Da haben sie ihn!‹ Worauf der andere: ›Ach, wie sollen sie ihn denn haben, der ist längst über alle Berge!‹ ›Wo kann er denn wohl hingelaufen sein?‹ ›Ach, was weiß ich, nach Ueßen, nach

Preußen, nach Duderstadt hin!‹« Der letzte Satz ist eine Redensart, die wohl meint, jemand sei über die Grenze nach Preußen entkommen. Eine »Üsse« ist eine Kröte; damals als Schimpfwort für die unbeliebten Preußen gebräuchlich.

83 *er Gnoden:* Euer Gnaden

83 *Doudes:* Todes

83 *Fürstbischof von Paderborn:* Friedrich Wilhelm von Westfalen zu Fürstenberg, Regierungszeit 1782-1789.

84 *dractieret:* traktiert, behandelt

84 *Bei:* türk. Titel, müßte hier aber richtig ›Dei‹ heißen

84 *Casnätzi:* Khasnadij; Amtsbezeichnung des alger. Schatzministers

86 *von Coninx:* Peter Heinrich von Coninx, Regierungspräsident in Paderborn von 1803 bis 1807.

87 *»nu seg mal [...] ganz daut schlahen.«:* »›Nun sag mal, Hermann, du brauchst ja jetzt doch nichts mehr zu fürchten, wie ist das gekommen mit dem Juden, daß du den vor die Stirn geschlagen hast?‹ ›Ach, das will ich Euer Gnaden sagen, ich wollte ihn nicht totschlagen, sondern nur tüchtig durchprügeln. Wie ich ihn aber so an den Kragen faßte, da riß er sich los, und gab mir einen [Schlag] mit seinem dürren Stock, der mir höllisch weh getan hat. Da schlug ich ihn in der Wut gleich mit meinem Knüppel über den Kopf, daß er schnell zusammengeklappt ist wie ein Taschenmesser. Da dacht ich: jetzt ist es doch vorbei, nun mußt du ihn auch ganz totschlagen.‹«

88 *»Hermen Hermen [...] un Schanne is.«:* »›Hermann, Hermann, mit dir ist es nicht richtig, du hast was auf der Seele, gebe Gott, daß es nicht Unglück und Schande ist.«

88 *Kiel:* ein keilförmiges Waldstück in der fraglichen Gegend

89 *communicirt:* das Abendmahl genommen

89 *als er aber [...] von Algier gebracht.:* Die Version der Gefangennahme, die hier gegeben wird, stimmt nicht mit der in Winkelhannes' Brief an den Fürstbischof überein (vgl. S. 84,13-16).

90 *Molo:* Mole, Hafendamm

91 *Hieronymus Bonaparte:* Jérôme Graf von Montfort (1784-1860), jüngster Bruder Napoleons, 1807-1813 König von Westfalen.

92 *Carl H..n:* Carl August Maria Freiherr von Haxthausen (1779-1864), Domherr in Corvey und Hildesheim, ein Bruder des Verfassers und Onkel der Annette von Droste-Hülshoff.

93 *O dat sull [...] en abtoschwören.:* »Oh, das kann ich mir nicht vorstellen, ich habe doch so lange dafür Buße getan und habe an meinem Glauben festgehalten, als sie mich überreden wollten, ihm abzuschwören.«

Christian Begemann

# Annette von Droste-Hülshoff: Die Judenbuche

## *Nachwort*

*Die Judenbuche* der Anna Elisabeth Freiin Droste zu Hülshoff (1797-1848) ist zweifellos eine der bekanntesten und meistinterpretierten Erzählungen der deutschen Literatur – ›bekannt‹ selbst bei denen, die sie nicht gelesen haben. Sie gehört seit einem Dreivierteljahrhundert zum Kanon der Schullektüren, wurde in vielen Millionen Exemplaren verkauft und in mehrere Sprachen übersetzt. Zu Droste-Hülshoffs Lebzeiten hätte sich kaum jemand den weltweiten Ruhm träumen lassen, den ihr schmales Werk heute genießt.

Dieses Werk stand zunächst im Zeichen von Umständen, die weder seiner Entstehung noch seiner Verbreitung günstig waren. Viele Faktoren hemmten die schriftstellerische Arbeit und verzerrten ihre Wahrnehmung durch die Leser. In erster Linie ist dabei die Herkunft aus einer angesehenen Familie des sehr traditionsfixierten, konservativen und katholischen Landadels in Westfalen zu nennen. Als unverheiratete Frau stand Droste-Hülshoff den größten Teil ihres äußerlich ereignisarmen Lebens unter der Aufsicht der Familie, und das betraf auch ihr künstlerisches Schaffen, dem die Verwandten mit einer Mischung aus Stolz und Mißtrauen begegneten. Intellektuelle Arbeit widersprach den Vorstellungen von Weiblichkeit, die sich seit dem späten 18. Jahrhundert durchgesetzt hatten, und dementsprechend waren schreibende Frauen vielfältigen Benachteiligungen und Vorurteilen ausgesetzt. Das galt gerade auch in den gesellschaftlichen Kreisen, denen Annette von Droste-Hülshoff angehörte und von denen sie finanziell, aber auch emotional abhängig war. Schreiben, Musizieren und Malen wurden als Nebenbeschäftigung und als Beitrag zur Geselligkeit der Familie und der Freunde durchaus geschätzt. Die hauptberufliche Karriere einer Frau als Schriftstellerin aber war gänzlich undenkbar. Vier Jahrzehnte lang dachte Droste-Hülshoff denn auch weder an ein über den Verwandten- und Freundeskreis hinausreichendes Publikum noch an die Veröffentlichung ihrer Werke. Im Zeitalter der Professionalisierung des Schriftstellerberufs blieb Droste-Hülshoff daher eine Dilettantin. Erst mit dem Beginn ihres fünften Lebensjahrzehnts gelang es ihr, sich den Einflüssen der Familie entschiedener zu entziehen und mit ihren Werken an die Öffentlichkeit zu treten. *Die Judenbuche* ist ein glänzendes Beispiel, wie wenig die Autorin, die äußerlich den Zumutungen ihres Standes und ihrer Rolle als Frau gehorchte, sich davon die nüchterne Beobachtung und die scharfe gedankliche Durchdringung ihrer Umwelt trüben ließ.

Die Wirkungsgeschichte ihrer Werke war zunächst gleichfalls von den Faktoren der Herkunft überschattet und ist es zum Teil noch immer. Einerseits betrachtete man ›die Droste‹ aufgrund der Thematik vieler ihrer Gedichte und Prosawerke als westfälische Heimatdichterin. Erst allmählich hat man begriffen, daß ihre hochkomplexen Texte ebensowenig in einem beschränkten Provinzialismus aufgehen wie diejenigen Eduard Mörikes, Adalbert Stifters, Gottfried Kellers oder Theodor Storms. Andererseits prägte man das Klischee von der katholischen Droste, einer zutiefst gläubigen Dichterin, die ihr Werk religiösen Zwecken unterstellte. Auch heute noch wird dieser Aspekt überbetont. Denn im weltanschaulichen Eifer wurde oft übersehen, daß die Gläubigkeit der Dichterin keineswegs mehr durch ein festgefügtes und stabiles religiöses Weltbild gekennzeichnet, sondern labil und brüchig ist. Gerade *Die Judenbuche* zeigt das, ein Text, der sich allen Klischeebildungen widersetzt. Vielleicht ist es nicht zuletzt diese grundlegende Uneindeutigkeit und Ungreifbarkeit, die der Erzählung eine so nachhaltige Aufmerksamkeit gesichert hat, weil sie zu immer neuer Auseinandersetzung herausfordert.

Die historischen Ereignisse, die sie später in der *Judenbuche* verarbeiten sollte, waren Droste-Hülshoff seit ihrer Jugend bekannt. Der erste Teil der Erzählung, der in der Ermordung des Försters Brandis kulminiert, knüpft an jahrhundertelange Streitigkeiten um die Rechte der Waldnutzung zwischen der Gemeinde Bredenborn im Fürstbistum Paderborn und der Familie der Freiherren von Haxthausen an, aus der Annette von Droste-Hülshoffs Mutter stammte. Auf dem Sitz der Haxthausens, Haus Bökerhof bei Bökendorf, hielt Droste-Hülshoff sich in ihrer Jugend häufig auf. Der gelegentlich durchaus gewalttätige Konflikt zwischen Grundherrschaft und Gemeinde, der zu Lebzeiten der Dichterin noch andauerte, gründete in völlig verschiedenen Rechtsauffassungen. Die adeligen Grundherren betrachteten den Wald als Privateigentum, wogegen die Landbevölkerung der Auffassung anhing, dieses sei durch eine schleichende widerrechtliche Aneignung von Gemeindebesitz zustande gekommen. Was daher für die einen Holz- und Jagdfrevel war, wurde von den anderen als Anwendung alter Rechte aufgefaßt. Erst 1848 kam es zu einer Einigung zwischen den beiden Parteien.

Auch der zweite Teil der *Judenbuche* greift auf historische Ereignisse zurück, die sich auf den Besitzungen der Haxthausens abspielten. Im Februar 1783 wurde der jüdische Händler Soistmann Berend aus Ovenhausen erschlagen aufgefunden. Unmittelbar vorausgegangen war ein Prozeß Berends gegen den Knecht Hermann Georg Winckelhan, der sich wegen einer ausstehenden Zahlung für ein von Berend geliefertes Kleidungsstück verantworten mußte. Das Gericht unter dem Gerichtsherrn Caspar Moritz von Haxthausen, dem Urgroßvater der Annette von Droste-Hülshoff, entschied gegen Winckelhan, auf den nach dem offenbar kurz darauf begangenen Mord an dem Händler der Verdacht fiel. Der mutmaßliche Täter entzog sich der Verhaftung jedoch durch die Flucht und kehrte erst 1806 in seine Heimat zurück. Die Tat wurde nicht weiter verfolgt, ihr Hergang nie völlig geklärt. Im September desselben Jahres erhängte sich Winckelhan an einem Baum.

Um 1818 kam Droste-Hülshoff vermutlich erneut mit dieser Geschichte in Berührung, denn in diesem Jahr veröffentlichte August von Haxthausen (1792-1866), ein Halbbruder ihrer Mutter, seine Version der Geschehnisse unter dem Titel *Geschichte eines Algierer-Sklaven* in der Göttinger Zeitschrift *Die Wünschelruthe. Ein Zeitblatt*, die von H. Straube und J. P. von Hornthal herausgegeben wurde. Droste-Hülshoffs eigene Bearbeitung des Stoffs ließ jedoch noch auf sich warten. Erste Notizen sind zwar bereits Anfang der zwanziger Jahre entstanden, und auch ein erster ausgeführter Entwurf könnte noch aus diesem Jahrzehnt stammen, doch fällt die Hauptbeschäftigung mit dem Stoff in die zweite Hälfte der dreißiger Jahre. 1837 wird die Erzählung erstmals brieflich erwähnt, und 1840 meldet die Dichterin ihren vorläufigen Abschluß. 1842 konnte sie in Cottas renommiertem *Morgenblatt für gebildete Leser* erscheinen. Der heute geläufige Titel der Erzählung stammt übrigens nicht von Droste-Hülshoff selbst, die die Überschrift *Ein Sittengemälde aus dem gebirgichten Westphalen* vorgeschlagen hatte, sondern von dem auf Publikumswirksamkeit bedachten Redakteur des *Morgenblatts*, Hermann Hauff. *Die Judenbuche* stellte zwar den ersten größeren literarischen Erfolg der 45jährigen Autorin dar, aber doch noch lange keinen Durchbruch. Einer dauerhafteren Wirkung war die in 16 Fortsetzungen erfolgende Publikation eher abträglich, und auch ein unberechtigter Nachdruck im selben Jahr konnte nicht verhindern, daß die Erzählung allmählich wieder aus dem Bewußtsein der literarischen Öffentlichkeit verschwand. Die Anerkennung ihrer literarischen Bedeutung begann sich erst um 1900 allgemein durchzusetzen – im Unterschied übrigens zu Droste-Hülshoffs lyrischem und versepischem Werk, das schon früher zu Ansehen gelangte.

Die *Judenbuche* hat viele Leser ratlos hinterlassen. Iwan

Turgenjew ist nicht der erste und nicht der letzte, der das ausdrückt, wenn er in einem Brief von 1869 gesteht, »daß man am Ende nicht recht klug aus der ganzen Geschichte wird«. Nicht nur werden viele Einzelszenen und Gespräche so verknappt dargestellt, daß sie schwer verständlich sind, auch die zentralen Handlungselemente, auf deren Auflösung der Leser von Kriminal- und Detektivgeschichten Anspruch zu haben glaubt, bleiben dunkel. Wer ist der Mörder des Försters Brandis? Hat Friedrich Mergel den Juden Aaron erschlagen, und welche Rolle spielt dann das Geständnis des Lumpenmoises? Ist der Heimkehrer, den der Text als »Johannes« bezeichnet, tatsächlich Mergel, wie der Gutsherr behauptet? Was hat es mit der Buche und dem ominösen hebräischen Spruch auf sich? Und wie ist der schwächliche und verkrüppelte Mann hoch hinauf in den Baum gelangt, wo man ihn erhängt auffindet? All das und vieles andere bleibt ungeklärt. Zum Streitpunkt unter den Interpreten ist schließlich auch geworden, wie das Erzählte insgesamt zu verstehen sei. Es sind vor allem zwei gegensätzliche Deutungsmuster, auf die man immer wieder zurückgegriffen hat.

Auf der einen Seite läßt sich die *Judenbuche* als realistisch erzählte präzise Rekonstruktion der Entwicklung eines Menschen zum Mörder lesen. Unglückliche Umstände und eigenes Verschulden greifen dabei ineinander. Die allgemeine Verwirrung der Rechtsbegriffe, die die Mutter an ihr Kind weitergibt, der Niedergang der Familie, der Verlust des Vaters, die Isolation im Dorf, der Einfluß des zwielichtigen Oheims, die im Doppelgängermotiv verbildlichte Identitätsschwäche – all das wirkt zusammen, um Friedrich Mergel auf die schiefe Bahn zu bringen. Auf das Aufpassen im Dienst der Blaukittel folgt die Beihilfe zum Mord am Förster und auf diese die Ermordung Aarons. Von entscheidender Bedeutung ist dabei Friedrichs soziale Position. Nur durch den Anschluß an seinen Onkel Simon scheint für den ›Underdog‹ Friedrich die Chance gegeben, eine wie auch immer fragwürdige gesellschaftliche Stellung einzunehmen. Friedrichs »Natur war nicht unedel«, unter den gegebenen Bedingungen aber entwickelt er sich zum skrupellosen Aufschneider, der sein erschlichenes Ansehen auch mit Gewalt zu verteidigen sucht. Sein Verhalten erscheint als Überkompensation seiner Unterlegenheit: Gerade weil seine soziale Existenz völlig ungesichert ist, neigt Friedrich dazu, dieses Faktum durch die Produktion von sozialem Schein zu maskieren und vergessen zu machen – und dabei auch zu übertreiben. Genau das aber ist der Punkt, an dem Friedrich von den späteren Mordopfern getroffen wird: Er fühlt sich gedemütigt und entlarvt, seine Stellung im Dorf und damit seine Identität sind bedroht. Auf diese Gefahr scheint Friedrich nur mit Gewalt reagieren zu können. In einer konsequent sozialpsychologischen Lesart nimmt er sich am Ende selbst das Leben, und das mag auf ein Fortleben der ›edlen‹ Anteile seiner ›Natur‹ verweisen – des Gewissens und des inneren Rechtsgefühls, das ihn zur Selbstbestrafung treibt.

Freilich wirft der Schluß der *Judenbuche* weit mehr Fragen auf, als mit dieser Version gelöst werden können. Denn schließlich scheint hier ja der in die Buche eingehauene hebräische Spruch in Erfüllung zu gehen, und das hat zu metaphysischen Spekulationen aller Art Anlaß gegeben. Damit bewegt man sich im zweiten Deutungsmuster, das die Erzählung als ein metaphysisches Exempel begreift, als eine Geschichte um Erbsünde und Schuld, Teufelspakt und Gewissensqual, Verdammung oder Gnade. Ist es also eine höhere Gewalt, die den Täter am Ende der Strafe zuführt, weil die irdische Gerechtigkeit versagt? Und welcher Art ist dann diese Macht? In der Tat ist der Text von Anfang an mit Anspielungen auf übernatürliche Instanzen durchsetzt. Der volkstümliche Aberglaube kommt zu Wort, am Oheim Simon glaubte man teuflische Züge wahrnehmen zu können, die äußere Natur scheint gelegentlich ein geheimnisvoller Mitspieler zu sein, auch das Schicksal hat man ins Spiel gebracht, Aarons Witwe und die jüdische Gemeinde beschwören die Rache des alttestamentlichen Jehova, und daneben finden sich schließlich zahlreiche Zitate aus dem Neuen Testament. Da aber beginnen schon wieder die Schwierigkeiten. Denn wie ist etwa das alttestamentliche Vergeltungsdenken mit dem neutestamentlich-christlichen Gedanken der Gnade und der Erlösung vereinbar, der mit dem Weihnachtslied herbeizitiert wird? Zweifellos sind in der Erzählung Bedeutungsschichten angelegt, die über eine rein innerweltliche Sicht des Geschehens hinauszuweisen scheinen. Ebenso deutlich ist aber auch, daß sie sich nicht zu einem einheitlichen Konzept fügen. Ein geschlossenes christliches Weltbild ist dem Text ebensowenig zu entnehmen wie ein fatalistisches oder ein naturmagisches. Und auffällig ist ja überdies, daß die Erzählung uns gleich mehrere Erklärungen des Geschehens anbietet, die miteinander konkurrieren. Ein metaphysisches Exempel – aber für welche Metaphysik?

Erzähltechnisch gesehen, gründen die Schwierigkeiten mit dem Verständnis der *Judenbuche* darin, daß Droste-Hülshoff Sachverhalte nicht vollständig, sondern lückenhaft mitteilt, daß sie widersprüchliche Deutungsangebote macht, daß sie vieles in der Schwebe hält und manches ahnen läßt, ohne es direkt auszusprechen. Die Poetik des Textes ist eine der Andeutungen, der Indizien und Spuren. Die Dunkelheit, die Turgenjew und andere beklagt haben, ist die zwangsläufige Folge eines solchen Erzählverfahrens. Niemand hat das besser gesehen als die Autorin selbst. Über ihr Versepos *Das Hospiz auf dem großen St. Bernhard* schreibt sie in einem Brief von 1838 halb entschuldigend, ihre Neigung zum Streichen und Verknappen habe manche Undeutlichkeit bewirkt: »Brevis esse volo, obscura fio« (»Ich möchte kurz sein und werde dunkel«). Entschiedener noch nimmt sich das in dem dramatischen Versuch *Perdu! oder Dichter, Verleger, und Blaustrümpfe* aus. Dort heißt es über ein schreibendes adeliges Fräulein, das seiner Schöpferin in mehr als einem Punkt ähnelt, es scheine »ihr auch so gar nichts daran gelegen, ob sie verstanden wird oder nicht: mit ein paar Worten, mit einer Zeile könnte sie zuweilen das Ganze klar machen, und sie tuts nicht«. Im Gegenteil: Anhand eines Vergleichs der Druckfassung mit den handschriftlichen Vorstufen der *Judenbuche* hat man Droste-Hülshoffs Bemühen nachweisen können, im Laufe der Überarbeitungen gezielt Informationen zu streichen und Sachverhalte zu verundeutlichen. Die ›Verdunkelung‹ des Textes, die ihn vielerorts rätselhaft macht, ist also nicht etwas, was der Autorin unterläuft oder von ihr in Kauf genommen wird, es handelt sich vielmehr um eine bewußte Strategie.

Sie steht in engstem Zusammenhang mit einem weiteren Thema, das der Text behandelt. Auch die Figuren der Erzählung haben es ständig mit Indizien und Spuren zu tun. Das verbindet die *Judenbuche* mit dem Genre der Detektivgeschichte. Zwei Morde sollen aufgeklärt werden, und in beiden Fällen scheitert das Erkenntnisstreben der Figuren. Die Zeichen nämlich, die über das Geschehen Auskunft geben könnten, sind unzureichend oder irreführend: Die »Anzeigen«, wie die Indizien hier heißen, erscheinen als »so schwach, daß [..] man doch nicht mehr als Mutmaßungen wagen konnte« – ein Satz, den sich auch die Interpreten der Erzählung selbst gesagt sein lassen sollten. Verhöre und Geständnisse führen gleichfalls nicht weiter, wie denn überhaupt die Kommunikation in der *Judenbuche* weithin im Zeichen von Mißtrauen, Täuschung und Beeinflussung steht. So wird hier in sehr grundsätzlicher Weise die Frage nach dem Zugang zur Wirklichkeit und ihrer Erkenntnis gestellt. Die Antwort ist, wenn nicht pessimistisch, doch skeptisch. Die Figuren leben in einer Welt, die ihnen in wesentlichen Teilen undurchschaubar bleibt. Der Text aber erhebt sich nicht über diesen Sachverhalt, sondern stellt ihn dar und vollzieht ihn in seinem Erzählverfahren mit. Die Schwierigkeiten der Erkenntnis der Wirklichkeit, von denen der Text spricht, spiegeln sich auch in der Art des Erzählens selbst. Bereits das mottoartige Einleitungsgedicht weist darauf hin und plädiert indirekt für erzählerische Bescheidenheit. Wie die dargestellte Welt für die Figuren in vielem unerkennbar ist, so bleibt daher auch die Erzählung dem Leser oftmals dunkel. Auf der Ebene der Darstellung setzen sich derart die Schwierigkeiten der Suche nach Wahrheit und jene unabgeschlossene Rekonstruktion der Wirklichkeit fort, in die die Figuren verstrickt sind. Die Erzählweise des Textes, der keine definitiven Antworten anbietet, sondern nur Fragen, Möglichkeiten und Versionen, erweist sich als genaue Entsprechung der erkenntniskritischen und erkenntnisskeptischen Problemstellungen, die auf der Handlungsebene aufgeworfen werden.

Und natürlich betrifft das auch und gerade die Fragen der Weltdeutung überhaupt und damit der Metaphysik. Über das, was nicht klar sein kann, weil es nur begrenzt erkennbar ist, lassen sich auch keine klaren Aussagen treffen. Die Metaphysik scheint – und das ist für die Epoche der Restaurationszeit durchaus typisch – brüchig geworden zu sein, geschlossene Weltbilder haben offenbar ihre Plausibilität eingebüßt, eine homogene, in sich stimmige Welt kann nicht mehr erzählt werden.

So hat es die *Judenbuche* mit sehr grundlegenden Fragen zu tun. Die irritierende skeptische Offenheit und die hohe literarische Komplexität, mit der sie behandelt werden, sind sicherlich wesentliche Gründe für die Faszination, die bis heute von diesem Text ausgeht.

# *Zu dieser Ausgabe*

insel taschenbuch 4541: Text und Zusammenstellung folgen der Ausgabe: Annette von Droste-Hülshoff, *Die Judenbuche.* Insel Verlag Frankfurt am Main und Leipzig 2005 (it 3096).

Der Text der *Judenbuche* folgt der Ausgabe: Annette von Droste-Hülshoff, Sämtliche Werke in zwei Bänden. Herausgegeben von Bodo Plachta und Winfried Woesler. Band 2: Prosa, Versepen, Dramatische Versuche, Übersetzungen. Deutscher Klassiker Verlag Frankfurt am Main 1994. Der Text erschien erstmals 1824 im *Morgenblatt für gebildete Leser.*

Die »Geschichte eines Algierer-Sklaven« wird zitiert nach: Annette von Droste-Hülshoff, *Die Judenbuche.* Suhrkamp Verlag Frankfurt am Main 1999.